KB233511

Don Juan
erzählt von ihm selbst

Don Juan

erzählt von ihm selbst

돈 후안 자신이 들려주는 돈 후안

돈 후안

페터 한트케 지음
권기대 옮김

VegaBooks

<u>일러두기</u>

- 이 책은 2004년 독일 Suhrkamp 출판사에서 발간한 페터 한트케의 『Don Juan』을 저
본으로 하여 번역되었습니다.

- 이 책에 등장하는 독어, 불어, 스페인어로 된 지명과 인명은 한글 맞춤법 외래어 표기
규정을 따랐으나, 작가가 따로 의미를 부여하기 위해 사용한 표현은 부득이하게 원어
발음에 가깝게 소리 나는 대로 적고 원문을 병기하였습니다.

- 본문에 붙은 각주는 모두 옮긴이가 작성한 것이며, 본문 중 괄호 안의 텍스트는 모두
저자 자신이 붙인 것입니다.

차례

"Chi son'io tu non saprai"

내가 누구인지를 그대는 알아낼 수 없으리라

– 다 폰테(Da Ponte)/모차르트(Mozart)

모차르트의 유명한 오페라 「피가로의 결혼」에 나오는 이탈리아어 대사. 원래 「피가로의 결혼」은 프랑스 극작가 삐에르-오귀스탱 까롱 드 보마르셰(Pierre-Augustin Caron de Beaumarchais)가 쓴 프랑스어 희곡이었는데, 후일 모차르트의 오페라를 위해서 로렌초 다 폰테(Lorenzo da Ponte)가 이탈리아어로 다시 대본을 썼다.

돈 후안,
나의 독서를 대체하다

돈 후안은 언제나 그에게 귀 기울여 들어줄 사람을 찾고 있었다. 날씨가 기막히게 좋았던 어느 날, 그는 나에게서 바로 그 청취자를 발견했다. 그는 나에게 자신의 이야기를 일인칭으로 하지 않고 삼인칭으로 했다. 어쨌든 그랬던 것이 지금 생각난다.

그 당시 나는 17세기 경 프랑스에서 가장 유명하면서도 가장 악명 높았던 뽀르-르와얄-데-샹 (Port-Royal-des-Champs)이란 수도원의 폐허 근처에서 경영하던 여관에서 요리를 하고 있었다. 당장은 나 혼자만을 위한 요리였다. 몇 개의 객실들도 그 당시엔 나의 사적인 거주 공간의 일부였다. 겨울 내내 그리고 이른 봄 몇 달 동안 나는 내가 먹을 음식 준비와 집안일이나 정원 일 따위로 소일했지만, 책 읽기와 이따금씩 여관의 작고 낡아빠진 창문 밖을 쳐다보는 게 주된 일이었다. 이 여관이란 것도 사실 알고 보면 예전 뽀르-르와얄-인-덴-펠더언(Port-Royal-in-den-Feldern)[1] 수도원의 수위실 건물 중 하나였다.

벌써 오래 전부터 나는 이웃 하나 없이 살고 있었다. 그리고 그건 딱히 내 잘못은 아니었다. 이웃이 있다는 것과 나 자신 그들의 이웃이 된다는 것, 그보다 더 좋은 게 어디 있겠는가. 그러나 이웃에 대한 꿈은 이루어지지 않았다. 아니면, 이미 시대에 걸맞지 않은 꿈이었을까? 내 쪽에서 본다면 그 실패는 수요와 공급의 게임 때문이었다. 여관 주인이라든가 요리사로서 내가 내놓을 수 있는 것에 대한 수요는 더 이상 없었다. 장사꾼으로서 나는 실패하고 말았다. 그래도 나는 사업을 통해 사람들을 모이게 한다는 점이 다른 무엇보다도 중요하다는 것, 그러니까 물건을 사고판다는 게 사회의 윤활유 역할을 한다는 것을 언제나 믿는다.

---

1) 뽀르-르와얄-인-덴-펠더언은 뽀르-르와얄-데-샹을 독일어로 표현한 것에 지나지 않는다. 결국 같은 수도원을 가리킨다.

오월이 되자 나는 정원 일을 대충 접어두고, 내가 씨를 뿌렸거나 직접 심었던 야채들이 자라든지 시들어가는 걸 바라보기만 했다. 내가 십 년 전 수위실 건물을 인수하여 여관으로 개조할 때 함께 심었던 과수나무들도 마찬가지 취급을 받았다. 나는 아침부터 저녁까지 책 한 권을 들고서 일 드 프랑스(lle de France)[2]의 둔덕을 가르며 깊숙이 흐르는 개울의 정원을 지나, 사과며 배며 호두나무 등을 돌아다보았다. 그 외에는 손가락 하나 까딱하지 않았다. 그리고 이른 봄 그 몇 주일 동안은 나 자신을 위한 요리조차도 그저 습관적으로만 했을 따름이다. 황폐해졌던 정원도 차차 회복되는 듯했고, 새로운 것과 열매를 맺는 것도 생겼다.

게다가 내가 독서로부터 얻는 것도 조금씩, 조금씩 줄어들었다. 그리하여 돈 후안이 어디선가 도망쳐 왔던 그날 아침, 나는 무엇보다 먼저 책 읽기부터 그만두어야겠다고 결심한 터였다. 그저 프랑스 문학이라든지, 그저 17세기 문학에만 관련되는 게 아니라 영구한 관련성을 가지는 증언 가운데 두 권, 그러니까 장 라신(Jean Racine)이 자기를 옹호하는 글과 블레즈 빠스깔(Blaise Pascal)이 제수이트 파의 반대자들

---

2) '프랑스의 섬'이란 뜻을 지닌 일 드 프랑스는 파리 분지 중앙부에 있는 옛 주 이름인데, 프랑스 왕국의 발상지이기도 하다. 일 드 프랑스의 서쪽 구릉에 저 유명한 베르사이유 궁전이 있다.

을 공격하는 글, 그렇게 두 권을 읽고 있던 중이었지만, 나는 어느 한순간부터 결정한 것이다. 적어도 당분간은 읽을 만큼 충분히 읽었노라고 말이다. 충분히 읽었다고? 아침이면 생각나는 것은 그래도 한층 더 거칠었다. "아이구, 이제 책은 그만!" 평생을 두고 내가 얼마나 책 읽기를 좋아했는데! 요리사와 독서광이라, 요리사는 무슨 요리사. 독서광은 무슨 독서광. 그때서야 나는 왜 얼마 전부터 까마귀들이 그토록 불같이 화를 내며 창공에서 울부짖었던지 역시 이해할 수 있었다. 그 놈들은 이 세상이 돌아가는 꼴에 화가 났던 것이다. 아니면 내 꼴에 부아가 났던 것일까?

오월의 어느 날 오후, 그렇게 이루어진 돈 후안의 등장은 나의 독서를 대체했다. 아니. 그건 단순한 대체 정도가 아니었다. 우선 내 앞에 나타난 게 행방불명된 17세기의 그 모든 제수이트 승려들이 아니라 돈 후안이었다는 사실. 그러니까 말하자면, 뤼시엥 루원[3]이나 라스콜니코프[4]도 아니고, 혹은 미네르 페퍼콘(Mijnheer Pepperkorn)이나 부엔디아[5]선생, 혹

---

3) Lucien Leuwen은 프랑스 작가 스탕달(Stendhal)의 소설 제목이자 주인공 이름. 스탕달이 1830년대 초 이탈리아에 체류하면서 썼던 걸로 알려진 자전적 삼부작 가운데 하나임.
4) Raskolnikoff는 도스토예프스키의 『죄와 벌』에 나오는 주인공 이름. 전당포 주인을 살해하고 이를 목격한 노파의 여동생까지 죽인 흉악범이다.
5) Buendia는 콜럼비아 소설가 가브리엘 가르샤 마르께스(G. G. Marquez)의 노벨 문학상 수상작 『백년 동안의 고독』에 나오는 인물. 사촌 여동생과의 근친상간적 결혼생활로 소설이 시작된다.

은 메그레[6] 형사도 아닌, 바로 돈 후안이었다는 사실만으로도 나는 엄청난 해방감을 느꼈다. 이오 동시에 돈 후안의 출현은 나에게 글자 그대로 내면적인 확장을 선사했고, 내적인 한계를 제거할 수 있게 해주었다. 그런 감정이란 오로지 흥분으로 가득하고 고양되었을 뿐 아니라 축복을 내리는 독서만이 가져올 수 있는 것이었다. 그뿐이랴, 가바인이나 랜슬럿[7], 혹은 얼굴에 반점 투성인 파르지팔(Parzival)의 이복동생이 왔을 수도 있잖은가. 파르지팔 자신이야 당연히 올 수 없었겠지만. 그것도 아니면 미슈킨 공작님[8]이 왔을 수도 있었고. 그러나 이 모든 사람이 아닌 돈 후안이 왔던 것이다. 게다가 그는 위에서 언급한 중세의 영웅이나 떠돌이들에 견주어도 전혀 뒤지지 않았다.

그가 왔다고? 그가 나타났다고? 아니, 그렇다기보다 돈 후안은 엎어지고 곤두박질치며 담을 넘어 내 정원으로 들어왔다. 길거리 쪽으로 나 있는 여관의 정면은 그 담의 일부였다. 정말 아름다운 날이었다. 음산하고 흐릿한 아침이 지나자, 으레 그렇듯이, 일 드 프랑스의 하늘은 맑아졌다. 뭔가 주장이

---

6) Maigret 형사 또는 경감은 프랑스 작가 죠르쥐 시므농(George Simenon)의 탐정소설에 나오는 주인공. 강인한 인상과 끈끈한 인정미가 잘 버무려진 인물로 알려짐.
7) Gawein과 Lancelot은 6세기 경 영국에 군림했다고 하는 반전설적인 군주 아서 왕 휘하의 기사들이다.
8) Myschkin 공작은 도스토예프스키의 소설 『백치』에 나오는 인물.

라도 하듯 더 맑아진 하늘은 자꾸만, 자꾸만 더 맑아졌다. 그날 하오의 정적은 정말이지 언제나처럼 사람을 현혹시켰다. 그러나 어쨌든 그 순간만은 그 고요함이 사위를 압도했고, 또 제구실을 했다. 돈 후안이 내 시야에 들어오기 훨씬 전부터 그의 헐떡이는 숨소리를 들을 수 있었다. 시골에서 살았던 어린 시절, 나는 농가의 젊은이인지 뭔지 경찰에 쫓기고 있는 사람을 본 적이 있다. 그는 좁고 가파른 오솔길에서 나를 지나쳐 산 위로 도망쳤으며, 한동안 뒤쫓는 사람들의 "게 섰거라!" 하는 고함소리만 들려왔다. 지금도 쫓기는 자의 벌겋게 달아오른 얼굴이며, 꼭 오그라든 것만 같은 체구며, 더욱 길게 늘어져 흔들거리는 팔 등이 내 눈에 선하다. 그러나 무엇보다도 강하게 남은 인상은 그가 내 귀에 남겨놓은 소리였다. 그것은 그러니까 그가 숨이 턱까지 차 헐떡이는 소리였다. 또한 그것은 말하자면 그의 허파에서 거칠게 토해지는 휘파람 소리 같은 것이었다. 말할 것도 없이 허파에서 말이 나올 수는 없는 노릇이었다. 내 귀에 아련히 남은 그 소리는 전신으로부터 떨어져 나와 울리거나 흩날렸다. 그 사람의 내부가 아니라 그의 표면에서, 그의 외부에서, 그의 하나하나 살갖 조각이나 땀구멍에서, 터져 나온 소리였다. 또 그것은 어떤 특정한 한 사람으로부터가 아니라 많은 사람들, 좀 더 큰 사람들의 무리로부터 나오는 소리였으며, 단순히 손에 잡힐 듯 그에게 가까이 다가오면서 고함을 지르는 추적자들과의 관계에서 뿐만이 아니고, 그 조용한 시골의 주변 환경과의 관계에서도 느낄 수 있는 소리였다. 쫓기는 자로부터, 마지막 힘을 다해 터져 나왔던 그 윙윙거리는 소리와 진동은 나에게 무언가 압도적인 것으로, 마치 일종의 원초적인 힘으로, 느껴졌다.

지평선 저 멀리에서 들려오는 듯하면서도 동시에 바로 내 귓가에 들리기도 했던 돈 후안의 가쁜 숨소리를 듣자, 나는 어린 시절에 봤던 그 도망자를 금방 떠올렸다. 그 당시 경찰이 질렀던 고함 소리는 오토바이의 소음으로 바뀌어 있었다. 가스를 밟을 때마다 오토바이는 리드미컬하게 큰 소리를 냈고, 나무둥치와 바윗돌을 타넘어 점차 내 정원 쪽으로 다가오는 것 같았다. 이와는 달리 그 숨소리는 정원을 금세 가득 채웠고, 갈수록 커졌다.

세월에 찌든 담장은 한 군데가 약간 무너져 있었고 거기엔 일종의 틈새가 있었는데, 나는 그걸 일부러 그렇게 내버려두었었다. 바로 그 틈새를 통해 돈 후안이 나의 집 안으로 부리나케 뛰어 들어온 것이다. 물론 그보다 먼저 창인지, 삼지창인지가 확 날아들었다. 활로 쏘아붙였는지, 그놈의 창은 공기를 가르며 날아와 내 발치의 땅 속에 팍 꽂혔다. 그 옆 풀밭에 누워있던 고양이는 잠시 눈을 게슴츠레 뜨는가 싶더니 이내 다시 잠들어버렸고, 참새 한 마리가 (참새가 아니고서야 어떤 새가 그럴 수 있겠는가?) 아직까지 파르르 떨리고 있던 창 위로 날아와 사뿐히 앉더니, 창과 함께 계속 흔들거렸다. 알고 보니 그 창은 사실 개암나무 가지의 끝을 약간 뾰족하게 깎은 것에 지나지 않았다. 뽀르−르와얄 근처 숲 속에서는 그런 개암나무를 얼마든지 꺾을 수 있었다.

내가 어렸을 때 시골 경찰들에게 쫓기고 있던 그 도망자는 나를 쳐다볼 겨를도 없었다. 새빨갛게 달아오른 얼굴에다, 꼭 삶아놓은 물고기 눈동자처럼 허옇게 창백한 눈동자는 초점도 잃어버린 채, 그는 어린애였던 나를 지나쳐서 뚜벅뚜벅 걸어갔다. 그게 힘찬 걸음이었다면, 그 자는 마지막 젖 먹던 힘까지 다 냈을 것이다. 헌데 도망을 치고 있던 돈 후안은, 그와는 달리 나를 쳐다보는 여유가 있었다. 그 담장의 틈새를 뚫고 날아 들어온 나무창과 별반 다를 것도 없이 몸통과 머리, 그리고 어깨를 앞으로 쑥 내밀며 들어온 그는 나를 똑똑하게, 그리고 넉넉하게 자신의 시야에 넣었던 것이다. 비록 우리 둘은 그렇게 맞닥뜨렸지만, 나에게는 이 침입자가 금방 친근하게 느껴졌다. 돈 후안이 자기소개를 할 필요도 없이 (뭐, 그렇잖아도 자기소개 따위는 할 기력도 없었겠지만) 나는 독특하고도 별난 노래처럼 들리는 그의 호흡을 알 수 있었다. 그래, 내 앞에 돈 후안이 서 있었다. 아니, 그저 돈 후안이라는 '한 사람'이 아니라, 바로 '그' 돈 후안이 말이다!

자주 그랬던 것은 아니지만 내가 살아오면서 그토록 생판 모르는 사람들이 (아니, 유난스럽게 그런 이들이) 첫눈에 허물없이 다가오는 경우는 얼마든지 되풀이되었다. 그리고 매번 이러한 친근감은, 서로를 더 잘 알게 되는 과정에서 굳이 유별나게 더 깊어지지 않는다 하더라도, 얼마든지 계속되었다. 그런 친근감이라면 무언가를 시작할 수 있었다. 그리고 과거에는 (뭐, 그다지 여러 번은 아니었지만) 그 낯설었던 자들이 항상 나의 친근한 상대로 변했던 반면, 돈 후안이 나타났을 때는 완전히 정반대였다. 맨 첫 번째 눈길을 던진 것은 내가 아니라 돈 후안이었으며, 아울러 그는 단번에 거침없이 밝혔다. 자기가 이제 털어놓아야 할 이야기를 들어줄 그의 허물없는 친구 역할을 나한테 맡기기로 결심했다고 말이다.

그리고 훨씬, 훨씬 오래 전에 봤던 그 도망자와 지금의 돈 후안 사이에는 그래도 공통점이 하나 있었다. 그 둘은 모두 무언가 축제 분위기 같은 걸 연상하도록 만든다는 점이었다.

실제로 그 때 숨을 헐떡이던 그 청년은, 시골 사람들이 교회 갈 때마다 한결같이 입는 그런 나들이옷을 입고서 비트적거렸다. 그리고 지금 돈 후안도 줄행랑을 치고 있는 중이긴 했지만, 역시 오월의 상큼한 대기에 맞추기라도 한 듯 아주 특별한 연회복을 입고 있었다. 그뿐만 아니라 옛날의 도주나 지금의 도주나, 달아난다는 사실 자체에서 이미 일종의 주말 연회 같은 분위기가 풍겨 나왔다. 다만 돈 후안을 둘러싼 광채는 그 자신으로부터 나왔던 반면, 그 시골뜨기 청년의 경우는… 글쎄, 그건 어디서 나왔지? 그 시골 친구에게서는 아무 것도, 정말이지 아무 것도 빛을 발하지 않았었다.

그건 그렇고 돈 후안을 뒤쫓던 오토바이는, 오늘날까지도 군데군데 늪지가 있는 저 로동(Rhodon)계곡 사이의 평지에 처박혀서 꼼짝을 못하고 있었던 걸까? 모터가 돌아가는 요란한 소리는 줄곧 같은 자리에서부터 울려왔다. 더 이상 가스를 주입시켜 속도를 올리는 것도 아니었다. 그 오토바이는 일정하게, 거의 평화롭게, 일정한 간격을 두고서 계속 웅웅거렸다. 돈 후안과 나, 우리는 담장이 움푹 파인 곳에 서서 함께 주변을 둘러보았다. 낙엽으로 덮인 축축하고 연한 초록빛 잔디에 반쯤은 가려진 채 어떤 커플이 오토바이에 앉아 있었는데, 다음 순간 오토바이를 휙 돌려서 오리나무와 자작나무 사이로 곡선을 그리며 천천히 빠져나갔다. 그러니까 뽀르-르와얄-인-덴-펠더언의 이 옛날 수도원 터는 아직도 은신처로 인정되고 있었던 게다. 그래서 수도원의 경계선을 지나기만 하면, 그 누구도 계속 추적할 수 없었다. 이 터 안으로 들어오기만 하면, 설령 그가 어떤 나쁜 짓을 범했다 하더라도, 우선은 안전이 보장되었다. 그 외에도 그 커플을 자세히 보면 알아차릴 수 있었다. 그들이 추적해왔던 그 사람은 이 돈 후안이 아니란 것을. 그들이 죽이고 싶어 했던 사람, 그건 돈 후안이 아니었다. 우선 무엇보다 여자가 헷갈리는지 어리둥절해 했다. 그리고 남자는 결국 돈 후안에게 친구나 되는 양 윙크까지 보내는 게 아닌가.

현대식이면서도 전통적인 (아님, 현대식이거나 전통적인) 오토바이 커플에게 걸맞게시리 그 남녀는 검은 가죽옷을 입었고 안전헬멧을 썼는데, 헬멧이 으레 다 그렇듯이 똑같이 생겨먹은 안전헬멧이었다. 또한 당연한 일이겠지만, 뒷좌석에 앉은, 누가 봐도 나이가 젊은, 여자의 머리카락은 헬멧 아래로 이리저리 휘날렸으며, 그 머리칼은 아니나 다를까 금발이었다. 남자와 여자 그 둘이 그렇게 달려가고 있으니까 어쩐지 남매같이, 아니 어쩐지 쌍둥이같이 보였다. 여자가 뒤에서 남자를 꼬옥 껴안고 있는 모습이나, 실오라기 하나 안 걸친 발가벗은 알몸에다 가죽옷만 찰싹 걸쳐 입고 있는 꼴을 보면, 물론 남매니 쌍둥이니 따윈 말도 안 되긴 했지만 말이다. 두 사람은 황급하게 옷을 껴입었던지, 단추란 단추는 말할 것도 없고 리벳이나 지퍼로 된 부분도 다 열려있었고, 옷차림새에 벌어질 수 있는 건 모두 슬그머니 벌어져 있었다. 나뭇잎들이며, 갈대의 줄기며, 달팽이 껍데기 (죽은 달팽이 잔해까지 들어 있었는데) 나부랭이에다 소나무 바늘잎 따위가 사내의 반쯤 벗어재낀 등판에 덕지덕지 들러붙어 있었다. 사내의 등에만 붙어 있었으니 천만 다행이었다. 젊은 여자의 어깨 죽지는 흠 하나 없이 하얗게 보였다. 우리는 부풀어 오른 포플러 씨 하나가 그들의 몸에 붙어있는 걸 기껏해야 아주 잠깐 동안 볼 수 있었지만, 잠시 후에는 그것도 날아가버렸다. 돈 후안을 잡아서 없애려고 허겁지겁 쫓아왔던 것은 결코 남매가 아니었다. 피부에 깊이 박힌 듯 오토바이를 몰던 사내의 등짝에 붙어있던 소나무 바늘잎이 못내 궁금하고 의아스러웠다. 뽀르−르와얄 지역에는 어딜 가도 오로지 활엽수밖에 없는데……?

돈 후안의 비교적 넓적하고 평평한 얼굴은 한참 동안 뭔가 묻어 지저분했으며, 나로 하여금 페어피즈[9]를 생생하게 떠올

---

9) Feirefiz는 아더 왕의 전설에 나오는 인물로, 백인과 흑인 사이에 태어난 혼혈아다.

리도록 만들었다. 크레티앵 드 트르와[10]의 소설을 읽었을 때, 무어 여인과의 사이에 태어난 파르지팔의 그 이복동생을 눈앞에 보듯 상상했던 것이나 마찬가지였다. 차이가 있다면 돈 후안의 경우는 페어피즈와는 달리 흰색-검은색의 혼합이 아니라 붉은색-흰색, 혹은 검붉은색-흰색이 뒤섞인 얼굴을 하고 있었다. 게다가 돈 후안의 얼룩은 얼굴에 국한되어 있었고, 페어피즈처럼 전신에 퍼져 있지는 않았다. 목에서부터 이미 아무런 흔적 없이 깨끗했다. 장기판처럼 생긴 인디언의 얼굴이 턱하니 내 앞에 나타났던 것이다. 몸집은 큼직한데다, 줄행랑을 쳐왔음에도 불구하고 전혀 우울한 기색도 없었고, 눈동자에도 전혀 맥 빠진 기운이라곤 없었다. 그는 손에 들고 있던 스위치블레이드의 칼날을 집어넣으면서 내게 말했다. 나를 그냥 있는 그대로 관찰해도 좋소. 그리고는 나에게 배가 고프다고 했다. 땀에 흠뻑 젖은 데다 갈증이 심했지만, 마실 것보다는 먹을 것을 훨씬 더 원했다. 주방장인 나는 즉시 무언가를 준비해주려고 나갔는데, 그 순간 나는 그를 이해할 수 있었다. 그래, 이 사람은 정말 어떤 자인가 말이다! 오월의 그 한낮, 뽀르-르와얄-인-덴-펠더언의 폐허에 앉아 돈 후안이 내게 어떤 언어로 말을 건네었던지, 난 더

---

10) Chrétien de Troyes는 중세 프랑스의 대중작가로 『전차를 탄 기사(Le Chevalier de la charrette)』와 『성배 이야기(le Conte du graal)』 등의 작품이 유명하다.

이상 기억이 나지 않는다. 그렇지만, 이랬건 저랬건 나는 그를 분명히 이해했다.

나는 정원 가구들을 모두 담장 한 구석으로 밀어붙여, 일부러 그것들이 썩어가도록 내버려두었었다. 그래서 내 손님 돈 후안에게는 부엌에서 의자를 하나 가져다주었다. 그랬더니 돈 후안은 뒷걸음쳐서 의자로 다가갔다. 그가 내 여관에 머물러 있던 그 한 주일의 첫날부터 나는 믿게 되었다. 그가 그런 식으로 뒷걸음을 치는 것은 오토바이를 타고 쫓아왔던 커플이 그랬던 것처럼 위험이나 협박이 있는 경우, 그걸 등 뒤가 아니라 눈앞에 두고 보는 데 도움이 되리라는 것을. 그렇다고 해서 돈 후안이 곁눈질을 하며 두리번거리는 일 따위는 전혀 없다는 사실도 나는 눈치 챘다. 그는 또렷이 깨어있는 걸로 보이기는 했지만, 그렇다고 신경을 곤두세워 경계하는 것 같지는 않았다. 그리고 왼쪽이나 오른쪽 혹은 어깨 너머로 눈알을 굴리며 보는 일도 없었고, 뒷걸음을 치면서도 머리는 항상 자기가 위험을 빠져나왔던 그쪽을 향하고 있었다. 돈 후안과 같은 사람이 도망쳐 나온 방향이라면, 샤르트르(Chartres) 주위에서 여전히 영업 중인 수도원과 노르망디 궁전이 위치하고 있는 서쪽이었거나, 아니면 태양의 임금님[11]께서 그다지 멀지 않은 과거에 기거하셨던 베르사이유 궁전과 무엇보다도 그다지 더 멀지 않은 거리에 있는 파리가 위치한 동쪽이 아니겠는가, 하고 나는 기대했었다. 그러나 그게 아니었다. 그는 일 드 프랑스의 신도시들이 자리한 북쪽에서부터 시작하여, 논밭을 건너 내달리고 넘어지며 늪지가 있는 이 계곡으로 도망쳐 온 것이었다. 그 북쪽에는 일 드 프랑스의 신도시들이 있었고, 거기엔 아파트가 즐비한데다 중심부엔 거의 사무실 건물만 있었으며, 이들 중에서 가장 가까운 곳이 바로 셍-깡뗑-안-이블린(Saint-Quentin-en-Yvelines)이란 이름의 도시였다. 한편 생각해보면 오토바이를 타고 왔던 그 가죽옷 커플은 그런 방향에 더 잘 어울렸다. 그리고 말이 났으니 말인데, 빌르 누벨(Ville Nouvelle)과 이곳 옛 수도원의 페허 사이에도 최소한 한 그루의 침엽수쯤은 있지 않았던가? 숲 가장자리에 호젓이 서있는 그 특별한 삼나무였지, 아마? 주위의 모든 경관 중에서도 가장 멋지고 싱싱한 그 나무 말이야?

돈 후안을 위해 요리를 하는 동안 나는 지상 층에 있는 여관 부엌의 창문을 통해서 (건물은 물론 널찍한 일층밖에 없었지만) 그가 어떻게 오월의 태양 아래 앉아 있는지를 쳐다보았

---

11) 태양의 임금님(Sonnenkönig)은 프랑스 루이 14세의 별명이다.

다. 그 또한 내가 부엌에서 분주히 움직이는 모습을 가끔씩 지켜보았다. 그리고는 간간이 일어서더니 몇 가지 요리 재료를 연희복에서 꺼내 창문턱에 놓아주었다. 그가 이쪽으로 줄행랑을 치는 와중에 그 재료들을 모아 왔다는 것쯤은 굳이 말하지 않아도 알 수 있었다. 그런데도 괭이밥 이파리라든지, 야생 아스파라가스의 줄기, 혹은 봄마다 신선하게 갈아 놓은 밀가루 냄새가 나는 세인트 조지 버섯 등등은 전혀 그냥 뜯었거나 마구 뽑아낸 것 같지가 않았다. 돈 후안은 도망 다니는 일이라면 이골이 난데다 경험도 풍부했다. 도망을 다니고 있을 때면 그는 자신의 본령을, 혹은 본령 중의 하나를 찾은 듯이 느근했던 것이다. 뭐, 그렇다고 해서 줄행랑을 치게 될 때 아무런 공포도 불안도 없었다는 뜻은 아니다. 그보다는 오히려, 돈 후안이 불안과 공포가 생길 때면 한층 더 잘 보고, 더 분명하고 더 너른 시선으로 보았다는 의미다. 더 너른 시선으로 봤다는 것 또한, 그가 도망을 칠 때면 항상 두리번거리며 주위를 살폈고, 도중에 뒷걸음치며 달아나기도 했다는 사실에 기인했던 것이 아닐까? 그리고 그는 도망을 다닐 때조차 마치 한가하고 여유로울 때처럼, 찾아낸 요리 재료들을 적당히 껍질도 벗기고 씻고 깨끗하게 함으로써, 언제라도 요리에 투입될 수 있도록 만들었다. 돈 후안의 도주는 그 자신에게 일종의 시간 절약 같은 것이었을까? 게다가

이 지역 물정을 알 턱이 없는 타관 사람 돈 후안이, 거의 숨겨져 있다시피 한 음식재료나 보물들을 별반 노력도 없이 아주 손쉽게 찾아냈다는 걸 생각하니, 거의 약이 오를 지경이었다. 이 곳 토박이인데다 전문가로 자처하는 내가, 봄 내내 눈이 빠지라고 그런 걸 찾아 다녔건만 별 수확을 울리지 못했잖은가 말이다. 나는 4월 26일 성 죠지 축제(das Fest des Heiligen Georg)가 다가오기 훨씬 전부터 이미 일 드 프랑스의 모든 숲가에 새로 나온 쐐기풀에 쏘여가면서 온천지를 헤매곤 했다. 리털링(Ritterling) 버섯 중에서도 가장 맛이 기막힌 세인트 조지 버섯은 바로 이 축제에서 이름을 따왔다. 내가 그렇게 헤맨 거야, 새로운 한 해를 상징하는 의미 있고 밝은 색의 둥근 버섯을 좀 찾아볼까 하는 희망에서였지만, 당시 내가 읽고 있던 책의 표현을 빌자면, 그런 나의 희망은 갈수록 '모욕적인 것'이 되고 말았다. 아, 그런데, 어디선가 불쑥 나타난 이 자가 이제 그 '학수고대하던 모자[12]'들을, 오랫동안 쓰지 않았던 내 일자리에다 한 아름 턱하니 쌓아 놓는 것이 아닌가! 다른 한편으로는 리털링 버섯이라고 하는 게 돈 후안이나 그의 이야기와 제법 잘 어울렸다.

---

12) 여기서 "학수고대하던 모자"는 물론 구하기 힘든 그 버섯을 말한다. 버섯이 모자와 비슷한 모양을 하고 있는 것에 빗댄 표현이다.

돈 후안은 의자를 차츰차츰 내 부엌 창 쪽으로 옮겨왔다. 내가 요리 준비를 하고 있는 모습이 그에게 영감을 불러일으킨다고 했다. 영감이라고? 웬 영감? 그는 깊은 생각에 잠긴 듯 앉아있었다. 내가 알면서도 몇 주 전부터 손대지 않고 내버려둔 잔디가 꺽다리로 자란 탓이기도 했다. 그 잔디 속을 헤매고 다니던 털이 노란 고양이는 꼭 사자처럼 보였다. 이 고양이는 내 것이 아니었다. 뽀르-르와얄에서 직선거리로 족히 일 킬로미터는 떨어진 곳, 혹은 창을 던져도 몇 번은 던져야할 거리에 있는, 유일한 이웃마을인 생-랑베르-뒤-브와(Saint-Lambert-du-Bois)의 어느 집에서 온 고양이었을 거라고 추측되었다. (내 소유지의 이웃이라고는 기껏해야 수도원 폐허와 비둘기들이 깃든 탑 정도였다.) 이 고양이란 놈은 매일매일 정확히 오후에 담을 넘어 내게로 와서, 일정한 거리를 두고서 한동안 나의 상대가 되어준 다음, 이윽고 자신의 영역을 지나서 아무도 모르는 어딘가로 순시를 계속했다. 이 낯선 고양이는 시간이 흐르면서 내가 마치 자기를 학수고대라도 하는 것처럼, 나에게 오라고 요청하고 싶어 못 견디는 것처럼, 매일같이 나를 찾아 들르면서도, 한 번도 나한테 제대로 인사를 하지 않았다. 그 놈에게는 내가 존재하지도 않았던 게다. 헌데, 그러던 고양이가 돈 후안에게는 비벼대기도 하고, 또 앞으로 뒤로 별의별 모습으로 그의 두 다리 사이를 끊임없이 파고들며 돌아다니는 것이 아닌가. 게다가 온갖 종류와 별의별 색깔의 나비들이 떼를 지어와 느닷없이 새로 나타난 이 손님을 에워싸고 날갯짓을 했는데, 그것은 마치 독특한 축소판 깃발이며, 페넌트며, 사각 깃발 따위가 어지러이 펄럭이는 것 같았다. 그리고 적지 않은 수의 나방들도 날아와서 돈 후안의 위에서, 무엇보다도 그의 손목 위에서, 그의 눈썹 위에서, 그의 귓바퀴 위에서 뭔가를 핥으면서 조용히 앉아 있었다. 언제나 그렇지만, 한숨 돌리고 휴식을 취하고 있는 지금 같은 때 한층 더 많이 솟아나게 마련인 도망자의 땀은 놈들에게 훌륭한 음료수였다. 그리고 고의적으로 썩도록 내버려둔 정원의 잡동사니 속에서 사는 사향뒤쥐조차 돈 후안을 보자마자 그의 발가락 냄새를 맡느라 킁킁거렸다. 세상에 그 놈들보다 더 소심한 건 본 적이 없는데도 말이다! 내가 음식이 담긴 쟁반을 들고 밖으로 나오자 이번엔 커다란 까마귀 한 마리가 집 위로 날아왔다. 앞쪽 주둥이에 무언가 꼭 테니스공처럼 생긴 걸 물고 있다가 이내 툭 떨어뜨렸는데, 그건 필시 어느 시장 바닥에서 훔쳐온 사계풀의 열매였는데 이제 그건 손에 닿을 거리의 땅에 놓여 있었다. 그래, 여기서 별로 멀지 않은 랑부이예(Rambouillet) 마을에 장이 열리는 날이지 않은가? 그러더니 이제 더 새까맣고 더 커다란 두 번째 까마귀가 거의 동시에 나타났다. 내 정원수 가운데 하나인 마로니에 나뭇잎들이 지난 주 동안 울창해졌는데, 그 속에 숨어 눈에도 띄지 않고 있던 놈이었다. 나무둥치가 폭발이라도 하듯 요란한 소리가 나면서 그 놈이 나무속으로부터 나와 첫째 놈을 따라 하늘로 올라갔는데, 그와 함께 지나치게 낡고 노후한 가지들이 꼭대기로부터 마치 벼락이 내려치듯 아래로 쏟아져 내리면서, 순식간에 한 더미의 장작거리가 잔디 위에 쌓였다.

돈 후안은 잠들어 있었다. 전에 내가 독서용으로 사용했던 책상의 썩어 들어가는 널빤지 위에다 두 다리를 올려놓고 있었다. 그 다리는 퉁퉁 부어 있었다. 밥을 먹는 중에도 그는 거의 눈을 뜨지 않았다. 잠시 눈을 부릅뜨고 휘돌아보는가 싶더니, 다시금 눈을 거의 감고 있었다. 그러나 감고 있는 그의 눈은 이제 무언가 다른 이야기를 하고 있었다. 그렇게 먹고 있는 가운데, 그는 자신의 상상력을 돋우고 있었던 게다. 혹은, 상상력이 아니라 공상력이었나? 아니다. 이어서 그의 몸속에는 하나의 리듬이 불타올랐는데, 곧 그 리듬은 음식이 맛있느냐 맛없느냐 하는 것과는 더 이상 상관이 없었다. 아니면 그것은 콧노래였던가? 그는 리드미컬하다기보다는 선율이 있는 것처럼 흥얼거리기 시작했는데, 그 멜로디에 맞춰 그는 거의 알아차릴 수 없을 정도로 전신을 흔들었던 것이다. (나중에 돈 후안이 자기 이야기를 해줄 때, 그는 나의 중간 질문이나, 이의 제기, 혹은 끼워 넣기를 일체 금지시켰다. 그러니까 말하자면 나는 아무런 질문 없이 들어야 했다.) 부드러운 오월의 햇빛 속에 앉아 그는 이야기를 했고, 청취자인 나는 양딱총 나무 수풀 아래 반쯤 그늘진 곳에 들어가 귀를 기울였다. 양딱총 나무엔 이제 막 꽃이 만발했으며, 바람 한 점 없는데도 그 조그마한 (그 시골 지역에선 '조그만'이라고 하지 않고 '쬐끄만'이라고 했는데) 셔츠 단추 크기도 안 되는 희고 노란 꽃잎들이 그 유별난 양딱총 이파리 잔디 위로 자꾸만 떨어져 내렸다. 그 간헐적인 꽃들의 비는 포플러 씨앗 솜털뭉치들과 함께 뒤섞여 날렸으며, 이 솜털뭉치들은 하루 종일, 아니 한 주일 내내 이곳 정원과 뽀르-르와얄의 폐허뿐만 아니라, 가지처럼 뻗어나간 일 드 프랑스 서쪽 분지의 개울을 가로질러 싸돌아다녔다. 이 경쾌하고 빛을 꿰뚫으며 날아다니는 꽃비와 솜털뭉치들은 주변의 모든 무거운 것, 짐스러운 것, 단단히 엉겨 붙은 것, 땅 속에 처박힌 것들을 느슨하게 만들며, 그것들이 스치고 지나가는 순간만큼은 전혀 무게가 없거나 적어도 무게가 덜 나가게 만드는 것만 같았다. 때는 예수승천일과 성령강림절 사이였고, 생-랑베르로부터 교회 종소리가 열대성 덩굴식물이 엉켜 자라는 강가의 빽빽한 수풀 사이로 보통 때보다 더 자주 이쪽으로 울려

퍼졌다. 그 종소리는 처음에는 축제 후의 분위기, 나중엔 축제 전의 기분으로 울렸다. 생-랑베르의 교회 무덤에는 기독교를 교란한 죄로 추방당했던 뽀르-르와얄의 수녀들이 합동으로 묻혀 있었다. 바깥에는 폐허로 통하는 단 하나의 막다른 골목에 경찰차가 소리도 안 날 정도로 천천히 지나더니 다시 회전했다. 누군가를 찾는 것이겠지만 그게 누군지 어떻게 알겠는가. 하루는 폭격기 편대처럼 생겨 먹은 맹렬한 회오리바람이 여관 정원 위로 느닷없이 몰아쳐왔다. 그 자체야 뭐 그다지 특별할 일은 아니었다. 아직 손상되지 않은 실개천 골짜기 위의 대지에는, 빌라꾸블레(Villacoublay)라든지 육군학교가 있는 생-시르(Saint-Cyr) 등등, 군 비행장들이 적잖게 있었으니까 말이다. 하지만 다른 한편으로는 새로운 편대를 이루거나 다른 공중 낙하 스타일로 거의 나무 꼭대기에 닿을 듯 말 듯 날아와서 회오리바람을 일으킨다든지 푸른 오월의 하늘을 어둡게 만들었으니, 그건 좀 특이한 일이었다. 유럽 전역에 걸친 기동연습의 일부인지 뭔지 하는 말라깽이였겠지만 말이다.

돈 후안은 옷을 갈아입었다. 혹은 그저 어깨에 걸치는 망토를 뒤집어 입는 정도였을지도 모르겠다. 어쨌거나 나한테는 길을 떠나기 위해 옷을 갈아입은 것처럼 보였다. 또 그렇게 보인 것도 무리가 아닌 것이, 그는 간간이 일어서서 마치 타고 갈 차량이라도 찾는 것처럼 몇 발자국 뒷걸음질을 치기도 했다. 돈 후안은 자기 자신을 향해서, 속으로 중얼거리며, 그의 첫 이야기를 시작했다. 그것은 오토바이를 탄 가죽 옷 커플과 직접 경험한 그 에피소드가 불과 한순간 전에 일어났었기 때문이었다. 그러니까 남에게 이야기를 해주기에는 좀 설익은 경험이었다. 그렇기 때문에 뭐 그다지 자세히 이야기할 것도 없었고, 기껏해야 당장은 스스로 확인부터 해야만 했던 것이다. 그저 무대에 선 배우에게 귀띔을 주는 식의 독백 형태로 말이다. 그는 아직도 그 사건에 너무 몰입해 있는 자신을 보았다. 그 사건이 자신과 더 이상 관련 없는 것으로 느껴져야 비로소 자유롭게 그 이야기를 펼칠 것이 아닌가. 물론 나는 시간이 많이 흐른 지금에 와서는 그걸 좀 다른 각도로 본다. 돈 후안은 자신의 이야기를 위해서 음악도 역시 금지시켰다. 어떤 종류의 음악이든. 음악이 자기를 무능력하게 만든다고 했다. 무능력이라니, 무엇에 무능력하게 된다는 걸까? 그냥 무능력이라 했다.

마지막 날,
일 드 프랑스

―――

오월이면 특별히 광활하게 보이는 일 드 프랑스의 하늘 아래 그날 돈 후안은 아무런 생각 없이 갔었다. 도로망이 온통 갈수록 빡빡해지는 그 당시에도 밭을 가로질러 간다는 것이 가능했으며, 그건 아마도 예전과는 전혀 다른 어떤 즐거움을 의미하는 것이었을 테다. 아침이 되어서야 그는 비로소 그 지방에 착륙했다. 문자 그대로 비행기를 타고 착륙했다. 그 전 하루 밤 하루 낮은 여전히 어느 낯선 땅에서 보냈었다. 마치 그가 매일같이 우리들의 유럽뿐만 아니라 세계의 별의별 지역에 다 있었던 것처럼.

뽀르−르와얄 부근은 겉으로 봐서 하나의 큰 평지 같은 인상을 주지만, 그걸 두루 돌아다녀보면 놀라울 정도로 갈라지고 쪼개져 있는 모습이 드러나게 된다. 그것은 수없이 많은 실개천들이 이곳 세느(Seine)강 분지 쪽으로 흘러내리기 때문이다. 그 중에 비에브르(Biévre)가 그 원천이자 동시에 저수지였다. 일견 평지처럼 보이던 것이 고원 혹은 대지 형태로 불쑥 솟아올라 있는데, 그것은 지하 수맥으로부터 튼튼하게 형성되고 깊숙이 갈라진 대지다. 그렇게 되면 그 대지 위에는 거의 예외 없이 주거지, 특히 넓고도 높게 뻗어나가는 새로운 주거지와 사무실 설비, 그리고 산업설비 등이 들어서게 마련이다. 이런 대지는 민둥민둥한 불모지에다 바람이 매우 거세어, 어쩌다 드문드문 남은 숲 자리들로는 도무지 숲이라는 인상을 주지 않는다. 그와는 대조적으로 실개천이 흐르는 분지나 협곡은 완전히 빽빽하게 숲으로 뒤덮여 있다. 비탈진 곳은 참나무와 너도밤나무 천지이고, 아래쪽 바닥에는 강가에 자라는 나무들과 오리나무, 포플러나무로 빽빽하며, 예전에 풍차방앗간이 있던 숲 속의 빈터만이 예외다. 그리고 그 방앗간들은 이미 무너져버렸거나, 아니면 양수원이라든가 승마장으로 변해 있다. 실개천이 시작되는 수원 지역은, 뽀르-르와얄의 건물이 들어서기까지 수백 년 동안 손도 대지 않은 채로 남아있었으며, 그 당시 뽀르-르와얄의 건물로 말하자면, 파리에서 말을 타고 반나절은 달려야 하는 거리의 로동(Rhodon) 협곡이 시작되기까지는 거의 독립된 도시, 아니 차라리 거의 독립된 성채, 영혼의 성채, 모험심의 성채나 마찬가지였다. 내가 여기서 미주알고주알 길게 토를 다는 이유는, 단순히 뽀르-르와얄 폐허 더미 근처의 분위기가 마음에 쏙 들었기 때문만은 아니다. 그것은 또한 바로 지금부터, 지금의 그 무엇인가를 위해, 혹은 어쨌든 지금을 위해서, 하게 될 그 이야기의 적절한 장소로, 혹은 그 가능한 장소로, 그 분위기가 끈덕지게 떠오르기 때문이기도 하다. 안토니오니(Antonioni)의 영화라면 이탈리아 교외에 있는 공장지역의 허물어진 벽들이 떠오르고, 존 포드(John Ford)의 서부영화라면 모래바람이 갉아먹은 미국 모뉴먼트 밸리(Monument Valley)의 외진 산들이 떠오르는 거나 꼭 마찬가지다.

로동 협곡의 자매 골짜기는 바로 생-깡뗑(Saint-Quentin) 옆에 위치한 메랑떼즈(Merantaise) 골짜기다. 높은 대지 안으로 곧장 자르고 들어가는 메랑떼즈 골짜기의 시작 부분 역시 사람이 살지 않는 곳이다. 내가 사는 이곳과 마찬가지로 여기저기 거의 뚫고 들어갈 수도 없으리만치 열대성 넝쿨 식물이며 야생딸기들이 무성한 야생의 숲이기 때문이다. 그 날 아침 바로 거기를 나의 돈 후안이 지나가고 있었던 것이다.

처음에 그는 여전히 숲 속으로 난 길을 걷고 있었다. 그는 스스로를 눈에 잘 띄지 않게 만드는 방법을 터득하고 있었다. 달리기를 하거나 말을 타는 사람들이 적잖이 그를 못보고 지나쳤다. 특히 어떤 사람이 말 위에 걸터앉아 지나갔지만, 그 역시 마찬가지였다. 그래, 전혀 돈 후안을 보지 못했던 것이리라. 돈 후안은 숲 속으로 슬그머니 빠져들어 갔는데, 그건 그의 습관이기도 했고, 뭔가 저지르려는 장난기의 발동이기도 했다. 그의 모든 생각은 자신의 시간을 확고하게 통제하는 데 온통 쏠려 있었다. 그는 그것을 자신의 주된 일, 혹은 주된 일의 요지라고 표현했다. 그리하여 이미 저 멀리 메랑떼즈의 목초지에 있는 빈터에서부터 두드러지게 보이는 서양삼나무 속으로, 즉 번쩍이는 원시림의 그 모든 혼란 뒤로 검고 넓게 펼쳐진 그 형체 속으로, 들어가는 게 최고였다. 비록 그렇게 하는 것이 애당초 예정했던 여정을 벗어나는 일이긴 했지만 말이다.

혼자서 버섯을 찾느라 숲을 뒤지다가 뜻하지 않게 종종 시체를 보게 된다는 말이 있잖은가? 돈 후안도 숲을 가로질러 가다가 느닷없이 꼭 그런 식으로 그 벌거벗은 커플을 목격하게 되었다. 그는 그 자리에 꼼짝도 않고 멈추어 섰다. 덤불 사이로 보인 것은 무엇보다도 등을 돌리고 있는 여자의 모습이었다. 그 두 사람이 서로 무슨 짓을 하고 있었는지, 혹은 그들에게 무슨 일이 생기고 있었는지 등등의 모든 말들은, 섬세하게 에둘러 표현하든 거칠게 대놓고 표현하든, 좌우간 지금까지도 낯 뜨거운 표현이었고 앞으로도 낯 뜨거운 표현으로 남을 것이다. 사내의 경우, 돈 후안은 약간 구부린 무릎을 제외하고는 거의 아무 것도 눈여겨보지 않았다. 또한 두 사람으로부터 아무런 소리도 들을 수 없었다. 그들은 일종의 움푹 파진 땅 속에 누워 있었으며, 돈 후안은 적어도 '돌을 던져야 닿을 정도의' 거리에 있었던지라, 가랑잎 바스락거리는 소리와 시냇물 졸졸 흐르는 소리만 요란스럽게 들렸다.

돈 후안이 그걸 보고 처음 느낀 충동은? 아무 소리도 내지 않고 살그머니 물러나는 것이었다. 하지만 다음 순간 그는 거기 머물러 있음으로써 무슨 일이 일어나든, 현장에 있기로 결심했다. 사실 그것은 그냥 하나의 결정, 하나의 냉정한 결정이었다. 그는 두 사람이 하나로 되어있다는 것, 또 계속해서 하나로 결합되어 있으리란 것을 받아들여야만 했다. 그걸 외면한다는 것은 있을 수 없는 일이었다. 이제 기록하고 측정하는 것은 그의 의무였다. 무엇을 측정한다는 말인가? 돈 후안은 그게 무언지 알지 못했다. 어쨌거나 그는 아무런 감정도 없이, 일말의 흥분도 느끼지 않고서, 바라보았다. 그가 느낀 것은 오로지 경이로움, 평온하고도 원시적인 경이로움 뿐이었다. 그리고 그것은 시간인 지남에 따라 일종의 전율 혹은 경악으로 변해갔다. 비록 그것은 말하자면 호텔 옆방에서 일어나는 일을 듣고 싶지 않으면서도 어쩔 수 없이 모두 듣게 될 때의 그런 전율과는 사뭇 다르긴 하지만 말이다. 호텔 방의 경우는 일반적으로 차라리 온몸을 던져 저항하고 싶은 경우가 아니겠는가.

그들 두 남녀는 자기네가 거기서 하고 있는 일이, 비밀리에 해야 한다든지, 다소간 쉬쉬해야 할 일이라고는, 전혀, 눈곱만치도, 아니라고 느끼고 있음에 틀림없었다. 그들은 그저 어떤 관객만을 위해서가 아니라 온 세계가 다 봐도 좋다는 듯이 행위를 하고 있었다. 그것을 온 세상에 드러내 보이고 있었다. 그 점에서는 어느 누구도 이보다 더 자랑스럽고 더 장엄할 수가 없었으리라. 특히 금발의 그 여인은 (정말 금발인지, 염색을 해서 금발인지는 모르겠지만) 서양삼나무 옆 꽃이 만발한 금작화 덤불 사이의 초목이 듬성듬성 난 은밀한 공간을 눈에 띄게끔 무대로 바꾸어놓았다. 그리고 그 무대는 이 길고도 기인 순간에 있어서 그야말로 세계의 전부였다. 햇빛은 그녀의 어깨 위로, 그녀의 허리 위로, 그리고는 자꾸만, 자꾸만, 더 무희처럼, 더 뱀을 부리는 사람처럼, 그녀의 엉덩이를 어루만졌으며, 여자는 그런 햇빛과 더불어 농탕을 치는 것이었다. 그녀가 거기서 곧추 세운 자세로 몸을 움직이고 있는 동안, 그녀는 얼마나 자랑스럽게 보였던지! 게다가 움직이고 있는 건 그 여자뿐인 것 같았다. 하기야 그건 사실 여자의 움직임에 관한 문제가 아니겠는가. 게다가 그것은 여자가 온 세상을 향해, 혹은 어느 누구에게든, 보여줄 수 있는 유일한 것은 아닐지라도 최상의 것이기도 했다. 여자의 밑에 있는 남자는 소위 무대의 배우에게 큐를 주는 자, 그저 쓸모 잇는 자, 혹은 여자가 쓸 수 있는 연장, 이름에 걸맞게끔 거의 눈에 띄지 않는 연장, 뭐 그런 것에 지나지 않았다. 아하! 보이지 않는 남자와 멀리까지도 찬란하게 빛을 발하는 여자가 있었으니, 그렇다면 그건 하나의 보통 영화 장면일 수도 있었겠지만, 이 대자연 속에서는 근본적으로 다른 어떤 것이었다. 그리고 그것은 돈 후안이, 영화의 경우와는 달리 오히려 상당한 거리를 두고서, 이 모든 행위를 보았기 때문만은 아니다. 물론 그는 그들의 행위를 정말 자세히 볼 수 있었지만, 그것은 결코 영화의 클로스업 같은 데서 오는 것은 아니었다.

그런 경험이 있은 다음 첫 번째 주, 돈 후안이 그 커플을 생각하며 그들의 날을 함께 축하할 때면 (돈 후안은 그들이 그

날을 축하하고 있다는 것을 믿어 의심치 않았으며, 아, 얼마나 거창하게 축하하고 있었던가!) 두 사람이 누워있던 옆 금작화 나무줄기에 입술처럼 생긴 꽃들이 얼마나 노랗게 빛났었는지를 떠올리곤 했다. 그리고 어떻게 바람이 불어와 그 샛노란 꽃 덤불을 엉망으로 뒤죽박죽 만들어버렸는지도 떠올렸다. 서양삼나무 가지에서는 삼나무 특유의 윙윙거리는 바람 소리가 들렸다. 그리고 하늘 높은 곳, 새가 날아오르리라고는 상상조차 할 수 없으리만치 까마득히 높은 하늘에서는, 독수리 같은 것이 원을 그리며 빙빙 날고 있었다. 그런 독수리들은 유달리 맑고 조용한 한여름 날이 되어야만 비로소 파리 근처의 상공으로 원족을 가기 위해 랑부이예(Rambouillet) 수풀 속 그들의 단골자리 혹은 둥지를 떠나는 게 보통이었다. 말벌 몇 몇 마리가 풍우에 씻겨 색 바랜 장작더미와 그리고 내 정원의 나무탁자에다 몸을 부비는 소리가 똑똑히 들려왔다. 돈 후안이 그의 이야기를 하고 있을 그 때는 오월, 그러니까 그들이 둥지를 짓는 달이었다. 메랑떼즈 시냇물 위 어떤 나뭇가지에는 무언가 기다랗고 줄무늬가 있는 것이 매달려 흔들거리고 있었는데, 그건 신발이나 뭐 그런 것보다는 훨씬 더 가벼웠다. 그러니까 오디오 카세트테이프라든지 허물을 벗고 난 후의 뱀 껍데기 같은 거라야 그처럼 가벼울 수가 있을 것이었다. 그러니까, 뽀르-르와얄 지역에는 아직도, 혹은 또 다시, 뱀이 살고 있었다는 얘기다. 지난해에 무르익은 열매 하나가 삼나무로부터 툭 떨어져서 그 커플 쪽으로 굴러갔다. 반들반들 윤이 나는 모래가 물고기도 살지 않는 실개천 속에서 반짝거렸고, 저 위 고원에서는 경운기 소리가 들려왔다. 맞은편 비탈길 위의 숲 언저리에는 조부모-부모-아이들 삼대의 가족이 피크닉 탁자 같은 걸 차려놓고 있었으며, 어디에서나 볼 수 있을 법한 국도에는 학교 버스 한 대가 지나갔는데, 아이들은 모두 버스 꽁무니 쪽으로 옹기종기 모여 있었다. 그리고 공중에는 작은 갈색 나비들로 가득했는데, 놈들은 둘씩 서로 꼬리를 물고 빙글빙글 도는 통에 두 마리가 꼭 세 마리처럼 보이는 것이었다.

그럼에도 불구하고 돈 후안은 결국 그 두 남녀에게 실망하고 말았다. 모든 게 너무나도 예상했던 바와 똑같이 일어났던 것이다. 두 사람이 내는 소리도 들을 수 있게 되었다. 여자로부터는 새된 외침소리가 들려왔고, 남자로부터는 투덜거리고 씩씩대고 중얼거리는 소리가 났다. 그녀는 앞으로 쓰러졌고, 남자는 한 손으로 그녀의 등을 쓰다듬으면서, 다른 한 손으로는 다시 구부린 자기의 무릎을 슬슬 긁었다. 여자는 환희의 외침 소리에 바로 이어서 "사랑해요"라든가, 뭐 그런 말을 또렷하게 내뱉었고, 남자 역시 그와 비슷한 말을 입속으로 중얼거렸다. 돈 후안은 그 전에 자리를 떴어야만 했다. 그런 때에는 설사 뻐꾸기가 날아와, 이중음색이 아니라 삼중음색으로 더듬듯이 울어댄다 한들, 도대체 그 무엇이 바뀌겠는가 말이다. 돈 후안은 의무감으로 가득 차서 계속 그쪽을 바라보고 있었으나, 그러면서도 그는 초를 헤아리고 있었다. 아니, 짜장 소리를 내어 숫자를 세고 있었던 게다. 마치 어떤 한 장소에 싫어도 죽치고 있어야 할 때라든가, 혹은 좌우간 시간이 지겨워질 때 사람들이 흔히 하는 짓처럼 말이다. 그래, 그렇다. 시간이야말로 돈 후안에게는 하나의 문제, 아니, 바로 가장 큰 문제였다.

돈 후안이 바야흐로 몸을 돌려 떠나려고 했을 때, 움푹 팬 땅에 들어가 있던 벌거벗은 두 남녀에게 틀림없이 파리 떼와 개미 떼가 덮쳤던 모양이다. 물론 그 전에도 파리며 개미는 거기에 늘 있었을 테지만, 이제야 그 놈들이 갈수록 자꾸 거슬리는 모양이었다. 두 사람에게 사태의 흐름을 거스르는 그 무슨 일인가가 혹시나 생기지 않을까 하여, 돈 후안은 마지막 순간까지 기다렸다. 예를 들자면, 무슨 일이 일어난단 말이요? 아, 질문은 하지 마시오, 돈 후안은 나를 꾸짖었다.

돈 후안이 돌아서서 가려고 했을 때 잔 나뭇가지 하나를 덥

석 밟는 통에, 그 커플에게 들키고 말았다. 아니지, 아니지, 그는 스스로의 이야기를 정정했다. 두 남녀로 하여금 소스라치게 놀라 휙 돌아보게 만든 것은 꺾어진 나뭇가지가 아니라, 그들을 관찰하고 있던 자신의 탄식 소리였다! 실망의 한숨 소리? 아, 그 질문은 여기서 더 이상 추구하지 않기로 하자. 어쨌거나 나는 돈 후안에게서 들었던 그런 한숨 소리를 다른 누구에게서도 들어본 적이 없다. 그리고 그는 이야기를 할 때나, 혹은 가만히 앉아 있을 때나, 한 주일 내내 줄곧 그런 한숨 소릴 듣게 했다. 그것은 늙은이의 한숨인 동시에 어린 아이의 한숨이기도 했다. 그것은 극도로 조용하고 또한 부드러운 소리였지만, 최근 들어 로동 계곡을 뚫고 드러난 자동차 전용도로에서 간간이 들리는 요란한 소음이라든지, 하루도 빠지지 않고 성신강림축일 기동연습의 율동을 우리 머릿속에서 떠나지 않게 만드는 폭격기의 굉음 등등, 온갖 소음을 뚫고서 들리는 한숨소리이기도 했다. 돈 후안의 한숨 소리는 여기 이 한 사람만을 향한 것이 아닌 신뢰감을 나에게 주었다.

하지만 그와는 반대로 그 두 연인들은 돈 후안의 그러한 탄식을 배신의 소리로 들었다. 아니, 누군가가 그들을 구경하고 있었다는 사실이 그들을 분노하게 만든 것은 아니었다.

그보다는 자기들을 보고 있던 자가, 자신들이 이제 막 서로 경험했던 일과 어쩌면 보이지는 않아도 여전히 자신들에게 영향을 미치고 있는 그 감정을 그 따위 탄식으로써 깎아내렸다는 이유 때문에, 그들은 황급히 옷을 걸치고는 돈 후안을 향해서 덤벼들었던 것이다. 상황이 달랐다 하더라도 매번 그랬을 테지만, 돈 후안은 이번에도 도망을 치려고 하지는 않았다. 도망을 쳐서도 안 되었다. 아니, 도망칠 수도 없었다. 하지만 매번 그랬듯이, 결국은 그에게 다른 방도가 없었다. 그는 줄행랑을 놓아야만 했다.

오토바이를 탄 두 남녀가 밭길을 건너야 하는 우회로와 드문드문 있는 다리를 이용할 수밖에 없었던 반면, 돈 후안은 발로 뛰면서 개울이나 관목 덤불 따위를 그대로 가로지를 수 있었기에, 그 때 그 지형에서는 그가 유리했다. 그는 도망을 치면서도 가끔씩은 여유를 부리기조차 했다. 그가 간간이 뒷걸음질을 친 것도 단순히 그런 이유에서였으며, 그의 타고난 이동 방식에 기인하는 것이었지, 적어도 남을 조소하는 태도는 아니었을 터이다. 그러나 보아하니 바로 그것이 그를 추적하던 두 사람을 잔뜩 자극했던 모양이었다. 왜냐하면 그들은 계속 열을 받아서 마침내 물불을 가리지 않고 그를 쫓았기 때문이다. 두 사람은 돈 후안의 뒤를 바짝 따라왔고, 그는 마침내 걸음아 날 살려라, 달아나지 않을 수 없었다. 동시에 그들은 큰 소리로 외쳐댔다. 그것은 물론 다른 무엇도 아닌 단순한 부름, 거의 친구 사이에 있을 법한 부름에 지나지 않았다. 글쎄, 어쩌면 그는 단순히 도망칠 게 아니라, 그들에게 무언가 해명의 말을 했어야 옳았을지 모른다. 하지만 그 땐 그들에게 해줄 말이 전혀 없었던 것이다. 그로부터 한 주일이 지나고 나의 정원에서 작별하는 날이 되어서야, 비로소 그는 멀리서 그 커플을 향해 축복을 기원하고 평생토록 놀라운 일들이 많기를 빌어줄 수 있었다.

일주일 전의
오늘로 돌아가다

뽀르-르와얄-데-샹에 도착하던 날 저녁, 돈 후안은 실제로 자기 자신의 이야기를 위해서 한 주일 전의 그날로 되돌아갔다. 그때 그는 그루지야[13]의 수도 트빌리시(Tiflis)에 있었다. 그가 나에게 제공하겠다고 내놓은 것은 자기 평생의 역사도 아니고, 지난 몇 해 동안의 이야기도 아닌, 오로지 아주 최근 일주일 동안의 이야기였으며, 그 후에도 꼭 마찬가지로 날이 면 날마다 그 이야기를 들려주었다. 예를 들자면 이번 월요일에 그는 바로 일주일 전 월요일의 일들을 떠올렸다. 그것도 비교할 수 없으리만치 뚜렷하고, 그러면서도 너무나도 자연스럽고 또 부드럽게 말이다. 그건 마치 지나간 화요일이라

---

13) Georgien는 옛 소련에서 분리 독립한 그루지야 공화국.

든지, 말하자면, 한 달 전의 월요일이었더라면, 혹은 그런 식으로 더 멀리 회상하는 경우였더라면 거의 불가능했겠지만, 딱 일주일 전 일이니까 그럴 수 있는 것만 같았다. "바로 일주일 전 오늘"이라고 말하기만 하면, 딱히 노력하지 않더라도 그날, 일주일 전 그날, 하루 종일의 일들이 이미 생생하게 떠오르는 것이었다. 오히려 일주일 전 그 당시에는 이렇게 뚜렷하지 않았을 텐데 말이다. 그렇게 떠오른 장면들은 턱하니 자리를 잡고서, 특별히 요란스럽게 뻗어나가거나 왁자지껄해지는 기억이 아니라, 조용하게 서로서로 한데 뭉치는 것이었다. 그리고 그 장면들은 어떤 율동을 띠게 되는 경우라도, 서로를 꽉 쥐어 잡는 게 아니라 그처럼 조용히 서로 꼬리를 물고 이어지면서, 큰 기억이나 작은 기억이나 꼭 마찬가지로 중요하게, 아니, 더 이상 큰 것도 작은 것도 없는 상태로, 그렇게 떠오르는 것이었다.

그런 식으로 그것은 형태를 갖추어갔다. 그런 식으로 자신이 겪은 한 주일을 돈 후안이 이야기하는 것을 나는 들었다. 그가 들려준 이야기의 스타일은, 아마도 그가 매일매일 다른 장소에 있었다는 사실, 그가 그 주일 내내 움직이고 있었다는 사실에서 비롯되었던 것이리라. 돈 후안은 한 군데 진득하니 있질 못했다. 돈 후안이 한 군데에서만 늘어붙어 있는 타입이었다면, 설사 그와 비슷한 일이 그에게 벌어졌다 하더라도 그 이레 동안에 관해서 전혀 이야기할 것이 없었을 것이었다. 적어도 이런 식으로는 이야기할 게 없었을 것이었다. 그런 식으로 이야기되어진 한 주일은 (이야기되어진 단 하루나, 혹은 일 년도 아니고, 그렇게 이야기되어진 한 주일은) 아마도 돈 후안 같은 사람에게 잘 어울리기도 했다. 하지만 그것은 듣고 있던 나한테도 꼭 마찬가지로 잘 어울렸다. 그 외에도 전쟁의 와중만 아니라면 그것이 설사 아슬아슬하고 위협 받는 평화라 할지라도, 어느 누구에게나 잘 어울릴 법한 이야기였다.

돈 후안은 그가 보낸 그 일주일의 일곱 체류지를 말로 표현하면서, 동시에 그것들을 실현하기도 했고 또 실행하기도 했다. 그리고 그의 이야기는 그 어떤 야하고 자극적인 디테일도 없이 이루어졌다. 그런 디테일은 굳이 피해서라기보다 애당초부터 그의 안중에도 없었던 것이다. 두말할 필요도 없겠지만, 그런 야한 이야기들은 아예 있을 수 없는 것들이었으니까.

'매콤쌉쌀한 디테일'이란 이야기할 수가 없는 것들이었다. 그래, 그런 건 전혀 존재하지도 않았다. 나 역시 그런 게 있었다 한들 듣고 싶지도 않았을 테고. 돈 후안의 모험은 무엇보다 그런 자질구레한 디테일 없이, 내가 보기엔 그의 개성을 초월한 경지에서 일어났었다. 상세한 디테일들은 그가 한 주일을 그때그때 회상하면서 자꾸만 나타났다. 물론 매번 다른 디테일이거나, 다른 식으로 모험적인 디테일이긴 했지만.

돈 후안이 내 정원에 앉아서 나에게 뿐만 아니라 그 자신에게도 이야기하고 있던 그 칠일 동안, 그는 내가 누구인지, 내가 어디서 온 건지, 내 상황은 어떠한지, 단 한 번도 묻지 않았다. 그거야 뭐, 내겐 상관없었다. 왜냐하면 지난 몇 달 동안 나를 찾아온 단골손님이래야 셍-랑베르-뒤-브와의 주임 신부님뿐이었는데, 이 양반은 자기가 나한테 남은 유일한 손님이며 결국은 마지막 손님이라는 사실을 느끼도록 함으로써, 내 형편을 훨씬 더 견디기 어렵게 만들었기 때문이다. 이 신부님이 올 때면 우선 나의 외로움이 의식되기 시작했고, 그가 가고 난 다음에는 고독감이 나를 잘근잘근 씹어대는 것이었다. 그 정도에 이르면 나는 스스로를 이 지역에서 죽을병에라도 걸린 사람처럼 보게 되었고, 그렇게 죽을병에 걸린 사람들을 찾아보는 게 주된 일이 되어버린 신부님은 별 의미 없이 그의 순회방문을 계속했다. 그러다 한 번은 "오, 죽음이 임박한 내 친구여!"라는 소리가 입 밖으로 불쑥 튀어

나온 적도 있었다.

나는 요리를 했고, 돈 후안은 이야기를 계속했다. 시간이 흐르면서 우리는 정원의 탁자에서 함께 식사를 했다. 덕분에 나의 부엌에 얼마나 생기가 넘쳐흘렀는지! 좌우간 나에게는, 누군가 아주 신나게 온갖 다양한 음식들을 만드는 그렇게 활기찬 부엌보다도 더 가슴 뿌듯한 것은 아무 것도 없었다. 그럴 때면 나는 지난 날 한창 때 그랬듯이 종종 무의식적으로 두 발을 땅에 붙일 새도 없이 분주하거나, 아니면 실제로 이 쪽 구석에서 저쪽 구석으로 펄쩍펄쩍 뛰어다니기도 했다. 또한 옛날 습관이 되살아나 (예전에는 요리용 에이프런에다 손을 비볐지만) 바지 위로 축 늘어진 셔츠에다 의례적으로 손을 닦았다. 내가 그러고 있는데도 나의 일주일 손님은 손끝도 까딱하지 않았었다. 그는 사방팔방에서 시중을 들어주는 데 푹 젖어있었던 것이다. 그처럼 시중을 들어주던 사람들이 지금은 다 어디 있는지, 난 물론 그런 건 묻지 않았다. 그런 거야 이야기를 하다가 적절한 때가 되면 드러나는 것이고, 또 늘 그렇게 되었었지 않은가. 그래, 돈 후안은 손끝도 까딱하지 않는 것 같기는 했다. 그렇지만 내가 매일같이 부엌에 들어설 때마다 뭔가 새로운 요리 재료들이 놓여 있었다. 아니, 요리 재료뿐 아니라 다른 부속 원료도 있었다. 중국 땅 쓰추안 성에서 온 후추 한 자루, 초여름 터키에서 따온 새까만 송로松露버섯, 스페인 라 만차(La Mancha)산 양유羊乳 치즈 한 덩어리, 직접 긁어모은 것만 같은 브라질산 야생 쌀 한 옹큼, 다마스커스산 이집트 콩 퓌레[14]한 공기 등등. 그런데도 그는 등짐 하나 지지도 않고서 이리로 왔었으니! 어쨌든 덕분에 나는 그 주일 내내 도매시장에 가지 않아도 되었다. 실은 한 번 들러야 할 때가 한참이나 지났었는데도 말이다.

그렇다고 해서 우리가 허구한 날 집안에 혹은 정원에만 앉아 있었다는 얘기는 아니다. 돈 후안은 저녁 식사가 끝난 후에야 (우리가 단 한 번 제대로 챙겨먹은 식사는 오직 저녁 식사뿐이었다) 이야기를 시작했고, 뽀르-르와얄이란 곳이 워낙 멀리 서쪽에 위치한 곳인지라, 그때 오월 경에는 우리가 텔레비전에서 마지막 뉴스를 보게 될 때까지도 날이 훤하게 밝은 채였다. 낮이면 우리는 그 부근의 숲이 우거진 시냇가 계곡과 신도시가 들어선 고원 등을 돌아다녔다. 한 번은 우리가 들을 가로질러 랑부이예 성으로 가고 있었는데, 무슨 영문인지는 하나님만이 아시겠지만, 누군가가 풀어놓은 개들이 느닷없이 정원에서 뛰쳐나와 우리에게로 달려드는 게 아닌가. 그런데 개들은 돈 후안만을 겨냥한 듯 그를 쫓아다

---

14) Puré는 채소나 고기를 삶아 곱게 걸러 만든 수프 음료를 가리킴.

넸다. 그 다음 날은 그 반대 방향인 동쪽, 그러니까 사끌레(Saclay)고지 쪽을 향해 거닐었다. 거기서 우리는 경찰차, 소방차, 그리고 구급차들에 빙 둘러싸인 원자력 센터를 발견했다. 고원 전역에 걸쳐 날카로운 경보음이 끊임없이 울리고 있었다. 그와 동시에 우리가 서 있던 땅 옆 구덩이에서 두 마리의 도마뱀이 꼼짝도 않고 교미를 하고 있는 걸 지켜보았고, 바로 그 위 공중에서는 두 마리의 하루살이가 서로 엉켜 붙어서 정신이 어질어질하도록 날아다니고 있었다. 또 셋째 날에 우리는 비에브르의 전설적인 샘을 보기 위해 북쪽으로 길을 떠났는데, 결국 그걸 찾지는 못했다. 샘에 이르기 직전, 그 샘의 축제를 위해 최근 인공적으로 설치해놓은 새로운 미궁 속에서 길을 잃어버렸던 것이다. 우리보다 성공적으로 그 샘을 찾았던 어떤 사람의 말을 빌자면, 그 샘은 하나의 분수로 확장되었다고 한다. 나흘째 우리는 시골 마을버스를 타고 트라쁘(Trappes)에 있는 '장 르느와르(Jean Renoir)'라는 이름의 영화관에 가서, 어느 여자가 한 남자에게 같이 죽자고 유혹한다는 내용의 영화를 보았다. 여자는 남자가 물불을 가리지 않고 자기를 사랑해달라고 유혹한다는 것이었는데, 장면이 거듭될수록 그것은 점점 더 매혹적으로 변하더니 마침내 도저히 피할 수 없는 상황이 되었고, 끝내 여자에게나 마찬가지로 그 남자에게도 종말을 의미하게 되었다. 닷새째가 되는 날엔 로동 골짜기 협곡에서 빠져나가는 짧은 길을 걸어 올라가, 셍-레미-레-셰브뢰즈(St. Rémy-les-Chevreuse)로 향하는 국도로 들어섰다. 그곳 버스 정류장에서 우리는 대체로 우릴 지나쳐 가버리는 지방 버스들을 구경했다. 반면 우리는 그 주일이 끝나기 바로 전날에는 나의 여관에 죽치고 있었는데, 돈 후안을 노린 여자들이 여관을 포위하고 몰려들어 오는 통에, 한술 더 떠서 여관 입구를 막아버리거나 부분적으로 바리케이드를 쳐야만 했다. 그리하여 저녁마다 이야기를 나누었던 그 주일의 마지막 이틀은 시시각각 묘하게 난처해가는 위험의 징표가 계속되었다.

첫 번째 날,
그루지아

돈 후안이 되짚어나갔던 그 주일 첫날의 이야기는 대충 이렇게 된다. 그는 모스크바에서 비행기를 타고 출발하여 코카서스를 지나 아침에 트빌리시에 도착했었다. 산꼭대기에는 아직도 눈이 덮여 있었을 뿐만 아니라, 산골짜기 깊숙한 곳까지도 적설은 뻗쳐 내려와 있었다. 그리고 남쪽에 위치한 구릉지대의 경우, 광활하게 펼쳐진 일종의 중간지역인 그 구릉지대는 하나의 완전하고 거의 텅 빈 땅처럼 보여서, 남부의 인상은 그만큼 더 생생했다. 돈 후안은 비행기 안에서 잠깐 잠이 들었다. 그리고 다시 잠을 깼을 때, 그는 주위의 승객들 역시 모두 입을 커다랗게 벌리고서 잠이 든 것을 보았다. 자주 그렇듯이 돈 후안은 꿈속에서 자신의 성채를 보았었는데,

그가 성에 돌아갔을 땐 여전히 낯선 침입자들이 우글거리고 있었으며, 주인은 아랑곳하지도 않은 채 제집처럼 시끌벅적하게 휘젓고 다녔다. 그 때 사실상 돈 후안은 성은커녕 변변한 집 한 채도 없었고, 돌아갈 재산도 전혀 없는 상태였다.

돈 후안은 고아였다. 무슨 비유적인 의미에서가 아니라 정말 고아였다. 수년 전에 그는 자신과 가장 가까운 사람을 잃었는데, 그건 그의 아버지도 어머니도 아닌, 자기 아들, 자신의 유일한 아들이었다. 아니, 적어도 나에겐 그렇게 느껴졌다. 사람은 자식의 죽음을 통해서도 고아가 될 수 있지 않은가? 아무렴, 그렇게 될 수 있고말고. 혹은 그게 아니면, 그가 사랑했던 단 한 사람인 그의 아내가 죽었던 것인가?

그가 그루지아를 향해서 길을 떠났을 때도, 사방팔방 다른 어디로 떠날 때나 마찬가지로, 그에겐 딱히 목적지가 없었다. 오직 도저히 위로받을 수 없는 울적함과 슬픔만이 그로 하여금 떨치고 나서도록 떠밀었다. 자식 잃은 슬픔을 지고서 온 세상을 헤맸으며, 그 슬픔을 온 세상에 전달했던 것이다. 돈 후안은 그 슬픔을 안고 살았으며, 그 슬픔이 하나의 힘이었다. 그리고 그 힘은 그를 훨씬 넘어서는 것이었고, 그를 초월해 있었다. 말하자면 (단순히 '말하자면' 정도가 아니겠지만) 그 슬픔으로 미리미리 무장을 했기에, 그는 자신이 죽음의 손길이야 결코 피할 수 없지만, 상처는 받지 않을 수 있다는 걸 알고 있었다. 슬픔은 그로 하여금 전혀 거리낌이 없도록 만들었고, 오히려 한 단계씩 점진적으로, 어떤 일이 생기든 가슴을 활짝 열어젖히고 받아들일 수 있도록, 그리고 동시에 필요하다면 눈에 보이지도 않도록 만들었다. 그 슬픔이 그에게는 일종의 노잣돈 역할을 했던 것이다. 모든 면에서 그의 슬픔이 그에게 자양분을 공급했던 것이다. 그 덕분에 돈 후안에게는 아무런 더 큰 욕구도 없었다. 그런 욕구는 아예 더 이상 생기지도 않았다. 그러는 가운데 돈 후안이 거듭거듭 뿌리쳐야 했던 것은, 어쩌면 이상적인 이승의 삶, 다른 사람들에게도 통할 수 있는 이상적인 삶이란 그런 슬픔 속에서 가능하다는 식의 생각이었다. (위에서 "그 슬픔을 온 세상에 전달했다"고 말했던 부분을 보라.) 그의 애도는 단순히 우연적인 것이 아니라, 어떤 근거 위에서 세워진 것이었으며, 하나의 활동이었다.

여러 해 동안 돈 후안은 아무와도 교제하지 않았다 기껏해야 여행하면서 우연히 알게 된 지인들이 고작이었는데, 그런 사람들이야 동행하던 길이 끝나는 순간 곧장 잊어버렸다. 물론 그 중에는 제법 반반하게 생긴 여인네들도 적지 않았다. 하기야 세월이 흐를수록 여행을 다니면서 진짜 아름다운 여자들을 보기란 점점 더 힘들게 되었고, 공공연하게 길거리나 공공장소나 여행길에서는 하늘의 별 따기인 것 같았으며, 아마도 미인들은 어딘가 집구석 저 안쪽에나 틀어박혀 있든가 아니면 설혹 나다니더라도 깊은 한밤중에 으슥한 샛길로 숨어 다니는 모양이었다. 하지만 돈 후안이 말하는 그 여자들은 그가 드러낸 얼굴을 볼 때마다, 특히 그의 얼굴에 뚜렷이 배어나는 깊은 슬픔에 이끌릴 때마다 (그 여자들에게도 그것은 견딜 수 없이 강력했기에), 그에게서 금세 얼굴을 돌리곤 했다. 그를 향해 소심한 첫걸음을 내디디거나 그에게 한 마디 말을 건네기가 무섭게 말이다. 그랬거나 말았거나 돈 후안에게서는 아무런 대답도 없었다. 그 여자들에 대해서 (한 개인으로서든 한 여성으로서든) 돈 후안은 벙어리이고 장님이었다. 실제로 그는 말하기를 꺼렸고, 대화 비슷한 것을 위해서 입을 여는 것조차 피했다. 입을 꾹 닫고 있지 않으면 마치 힘이라도 잃는다든지, 아니면 자신의 여행에 대한 배신행위라도 되는 걸로 생각하는 것 같았다. 반면에 그가 그처럼 고아가 되기 전 삶의 절반동안은, 얼마나 철저히 다르게 행동했던가.

트빌리시에 도착하면서 돈 후안에게는 그래도 하나의 목적이 생겼다. 거의 언제나 그랬듯이, 어디가 되었건 먼저 자기가 원하는 장소에 도착하자마자, 그런 목적은 저절로 생겨났다. 할 수만 있다면 돈 후안은 지금 당장 비행장을 벗어나서 금방 비행기를 타고 날아왔던 코카서스의 널찍한 산악지역으로 곧장 떠나고 싶었다. 그럴 경우 저녁쯤이면 대도시 트빌리시로 되돌아올 수 있고 아니면 시간이야 얼마든지 있으니 어느 때 돌아오더라도 상관은 없지 않은가. 처음엔 이 도시도 그 전의 다른 도시들이나 마찬가지로 보이는 법이다. 그 동안에 이미 다른 도시나 마찬가지로 되어버렸으니까. 하지만 그렇게 떠났다 돌아오면 비로소 특별하고 독특한 트빌리시가 드러날 것임을 그는 잘 알고 있었다. 오늘날 도시들의 낯선 점이나 독특한 점들은 더 이상 뚜렷이 눈에 띄지 않는지라, 그러자면 일부러 애써 찾아보아야 하는 법이었는데, 바로 그것이야말로 돈 후안의 모험의 일부였던 것이다. 정말 하나의 의도라고 해도 좋을 그 생각은, 돈 후안이 비행장 도착 홀의 표지에 '로마자'로 커다랗게 써진 바로 밑에 그루지아 문자로 조그맣게 표기된 것을 보는 순간 떠올랐다. (이제 그 도착 홀은 더 이상 예전의 오두막이 아니었고, 닭장이라든가 토끼장 따위를 들고 있는 승객들도 이젠 없었다.) 빽빽하게 적혀 있고, 리드미컬하게 소리 나며, 둥그렇게 쓰인 그 글자들은 돈 후안에게 코카서스 산맥이 시작되는 지점의 작은 언덕들을 다시 떠올리게 했던 것이다. 그 자체도 새롭지만 주위를 새롭게 보이도록 만들기도 하는 슬픔의 에너지 속에서, 밖으로 뛰쳐나가는 것보다 더 나은 일은 없었다.

그에게 비극이 생기기 전까지만 해도 돈 후안에게는 남들로부터 시중을 받는다는 것이 너무나도 당연한 일이었다. 그를 새로 알게 되는 사람이라면 누구나, 자기가 사방팔방에서 그에게 시중을 드는 무리의 한 부분이라고 금방 간주하고 마는 것이었다. 돈 후안 나으리께서는 책을 가져다 달라, 약을 가져오라, 그 전 체류지에서 잊어먹은 물건을 찾아오라 등등, '미안하지만' 따위의 양해도 없이 간단하게 그들을 부려먹었다. 거기에는 하다못해 명령도 필요 없었고, 그저 입을 떼는 것만으로 충분했다. "아, 내가 거기에다 모자를 두고 왔구먼." (다른 한편으로 그러한 부탁들은 그저 실현되어야 했을 뿐, 돈 후안은 다른 어떤 것도 요구하는 법이 없었다.) 그런가 하면 돈 후안은 거꾸로 조금도 주저하지 않고, 알고 있는 사람이든 낯선 사람이든, 자기가 상대방에게 시중을 들어줄 줄도 알았다. 그렇게 남에게 시중을 드는 모습, 혹은 시중을 들 용의로 가득한 그 모습이라니! 그는 매번 아무 말도 없이, 그리고 부탁을 받지 않았음에도, 두드러지지도 않고, 전혀 시중을 들어준다는 몸짓도 없이, 무언가를 가져다주고,

달려가서 도와주고, 곤경에 처한 이들을 도와주곤 했다. 한 번은 그냥 슬쩍 지나가다가 그러는 것인 양 도움을 주고서는, 이름도 밝히지 않은 채 슬그머니 사라지는 것이었다. 자기 자신이 남을 도와줬다고 해서 중뿔나게 무언가를 받지 않는 게 당연하다는 듯. 또 그가 그렇게 잠시 남의 시중을 들거나 도움을 주는 입장이 되는 것도, 그걸 받는 사람들에게는 아무런 놀라움 없이 받아들여졌다. 그리고 그런 일은 거의 남들이 깨닫지도 못한 채, 그리고 누구로부터 고맙다는 인사도 없이, 아무런 보상도 없이 일어났었다. 그렇지만 돈 후안은 자기가 그렇게 도와준 사람들에게 영향을 미쳤다. 아무 말 없이 봉사를 해주었기 때문에, 비교할 수 없을 정도로 훨씬 더 영향을 미쳤다.

어쨌거나 돈 후안은 코카서스의 오랜 중심부를 향한 여행길을 위하여 오랜만에 다시 시종 한 명을 채용했다. 그러니까 자기 운전사를 시종 대하듯이 대했다는 이야긴데, 그 운전사도 그런 돈 후안의 대우를 그저 받아들이는 정도가 아니라 마치 그러기를 기다리고 있었던 것처럼 행동했다. 그는 낡아 빠진 러시아산 자동차 옆에 서서 돈 후안이 다가오기도 전부터 벌써 문을 열어놓고 있었다. 돈 후안을 위해서, 오로지 돈 후안만을 위해서 말이다. 그 둘 사이에는 무언의 계약이 지체 없이 이루어졌다. 그리고 그는 정규적인 일과를 뛰어넘는 근무에 돌입했는데, 우선은 그게 얼마나 오래 계속될는지 어느 누구도 모를 일이었다. 그 사내는 이제 막 새로 고용한 시종이라기보다는 오히려 오랫동안 친숙한 반려자의 모습이었는데, 이 또한 아주 유별난 친밀감에서 오는 현상이었다. 그런 현상은 종종 돈 후안과 생면부지의 사람들 사이에서 즉각적으로 나타나는 것이었는데, 말할 것도 없이 여자들의 경우엔 남자들과는 비교할 수 없이 다르게 나타났다. 당시 반려자인 동시에 길동무인 이 운전사는 일주일은 좋이 견딜 만큼 충분한 양식이며 휘발유를 갖고 있었고, 돈 후안은 어쩌다 그와 말을 할 때면 어디서나 상용되는 진부한 표현만 사용했다. 그리고 그의 새 하인은 윗주머니에 새하얀 행커치프를 꽂은 까만 더블 양복을 차려입어 주인보다도 확실히 품격이 있었고, 행커치프 옆에는 좌우로 하나씩 오월에 피는 온갖 색깔의 작은 꽃이 한 묶음씩 꽂혀 있었다. 차 안은 온통 그 오월의 꽃향기인지, 아니면 하인이 사용하는 보기 드물게 고급스러운 향수인지, 그런 향내로 그득했다. 틀림없이 운전사는 이 특별한 축제를 위해서 그렇게 때를 빼고 광을 내었던 모양이었다.

자신은 도저히 위로를 받을 수 없는 상태라는 데서 오는 고요함, 있을 수 있는 모든 복잡함에서 제외되었다는 데서 오는 고요함. 돈 후안은 자식을 잃은 후 처음으로 그러한 고요함에서 벗어났다는 느낌이었다. 비행기 안에서 잠깐 꾸었던 꿈에서 깨어남과 동시에, 그에게 너무나도 잘 알려진 불안감, 신물이 나도록 익숙한 그 불안감이 다시 살아났던 터였다. 그리고 그 불안함은 이렇게 표현될 수 있었다. 그는 종종 자기 시간에 대한 확고한 통제를 더 이상 할 수 없어졌다고. 아니면, 시간은 더 이상 자신의 요소가 아니라고. 혹은, 매 순간 순간을 초 단위로 헤아릴 수 있게 되었다고. 그래서 돈 후안은 보거나, 듣거나, 숨 쉬거나를 하는 대신 숫자 헤아리기에 빠져들었다. 그는 초 단위의 시간만 헤아리는 게 아니었다. 비행기 안에 좌석이 몇 열인가, 내 신발의 신발 끈 구멍이 몇 개인가, 옆에 앉은 승객의 눈썹 솜털이 몇 개 인가 등등, 아무 생각 없이 헤아릴 수 있는 것이라면 닥치는 대로 (정말 기계적이고 무의식적으로) 헤아려댔다. 그때 그에게 남아있는 거라곤 그저 헤아리는 것뿐이었다. 그렇다고 그가 느닷없이 심심해졌다는 말은 아니다. 아니, 그보다는 좀 더 심각한 일이었다. 돈 후안은 시간의 유희, 눈에 띄지 않으면서도 친근한 그 시간의 유희로부터, 밀려나버렸던 것이다. 그러나 어쩌면 그것은 무료함의 가장 심각한 경우였을지도 모른다. 그러나 자신 있게 말하거니와, 그가 모든 사람과 단

호하게 어울렸던 것처럼, 그의 고독을 단호하게 포기했던 것
처럼, 그는 한때 푹 빠져 있던 그런 식의 숫자 헤아리기도 멈
추었다. 적어도 한동안은 그랬었다. 그리하여 지금도 비좁고
짐으로 빽빽이 들어찬 자동차를 함께 타고 가는 것이었다.

뒷마당 중에서도 가장 구석진 데까지 마지막 내린 눈이 쌓여
있고 그 눈이 모래와 뒤섞여서 잿빛으로 더러워지는 등, 아
직도 거의 초봄처럼 쌀쌀한 날씨의 러시아를 경험한 다음인
지라, 코카서스 남쪽의 날씨는 온화하게 느껴졌다. 따뜻함의
화신이나 마찬가지였다. 햇살도 반짝이고 있었다. 차를 타고
가는 두 사람의 등 위로 조금씩 그 햇살이 쏟아졌고, 부드럽
게 높아지는 그들 앞의 구릉 지역은, 보통 때라면 축소모형,
예컨대 빠삐에─마셰[15] 같은 데서나 가능할 정도로 너무나 뚜
렷한 양각을 드러내 보였다. 물론 여기에는 질퍽하고 끈적끈
적한 종이 같은 것이나 속이 텅 빈 모형 따위는 없었다. 오직
속이 꽉 차고, 무겁기 싹이 없으며, 찢어질 수 없게끔 단단히
짜 맞춘 것들뿐이었다. 이회토泥灰土나 바윗돌 혹은 기둥뿌
리 혹은 바구니처럼 생긴 뿌리 등이 섞인 진흙과, 벽돌처럼
빨간 색이며 소금 같은 회색이며 석탄처럼 새까만 색을 머

---

15) Papier-maché는 '풀을 먹인 두껍고 빳빳한 종이'를 가리키는 프랑스어로서, 보통의 경우 걸쭉한
 종이 반죽으로 만든 미세 모형물을 의미한다.

금은 유황색 물체들, 그리고 모래 평지 역시 부드럽지도 느슨하지도 않았으며, 오히려 회반죽을 딱딱하게 구워낸 것처럼 되어 있어서, 손을 그 안에 집어넣어 한줌 가득 들어 올리려 했다가는 당장 피가 흐르도록 손톱을 다치고 말 것이었으며, 손가락 끝에 모래라고 추정되는 거라고는 단 한 알도 남지 않을 터였다. 또한 여기저기 식물이 자라는 층이 거의 없는데다 (모래알로 이루어진 이곳의 풍경은 하얗게 헐벗은 둔덕이었다) 매번 방향을 바꾸어가면서 갑작스럽고도 거센 바람이 끊임없이 마구 불어댔지만, 그 어디에도 짙은 먼지 구름은 볼 수 없었다. 매혹적이며 모든 감각을 하나로 묶은 것처럼 원형으로 생긴 산기슭 지역이 보이는가 싶더니, 곧이어 문자 그대로 흉측스럽고도 가까이 다가갈 수 없는 것처럼 변했다. 그 지역은 안으로 들어오라고 자석처럼 끌어들이듯이 손짓을 했지만, 안이란 것은 없었다. 그리고 한 주일 전 돈 후안이 도착했을 땐 미국 사우스 다코타에 있는 소위 '뱃 랜즈(Bad Lands)'라는 곳을 연상시켰다. 이 뱃 랜즈란 곳에는 광대하게 펼쳐진 이회토 구릉지역이 있고, 그 안의 넓고 깊은 협곡들을 보면 점점 멀리 뻗어나가 큰 골짜기가 될 것으로 짐작이 되지만, 그 골짜기는 하나같이 어느 곳으로도 연결되지 않으면서 그저 갈라지고 헐벗은 찰흙의 벽들로 막히거나, 수천 년 동안 말라비틀어져 수척한 계곡의 끝과 마주

치는 것이었다. 그렇지만 돈 후안이 일주일 후 나한테 그것에 대하여 이야기했을 때는, 코카서스의 구릉 지역에 대해 오히려 그 반대로 말했다. 유명하고 세계적으로 잘 알려진 그 뱃 랜즈는 거의 이름도 없고 별로 찾아오는 이도 없는 코카서스 땅의 전 단계나 초안 혹은 그것의 조잡한 모방쯤으로 치부되어 슬그머니 사라져 없어졌던 것이다. 첫 눈에는 자못 모범적으로 보이는 뱃 랜즈의 땅보다는, 코카서스의 구릉지역이 그에게는 훨씬 더 육중하게 보였다. 뭐, 그랬거나 저랬거나, 그것은 거기 있었고, 이에 반해서 영화로 수없이 볼 수 있었던 뱃 렌즈는 …… 각설하고, 돈 후안은 이야기를 하면서 어째서 이 코카서스의 경치에 관해서 그처럼 장황하게 늘어놓았을까? 그 이유는 다음 날부터 그가 본 여섯 가지의 풍경이 모두 어떤 식으로든 코카서스의 그것과 같았기 때문이었다. 매번 새 날이 되면 그는 또 하나의 새로운 땅, 종종 멀고 외진 땅으로 발걸음을 옮겼고, 그날의 일들이 일어났던 그곳의 풍경은 매번 대체로 비슷했으니까 말이다. 그랬기 때문에 돈 후안은 이야기의 다음 단계로 넘어갈 때마다, 어떤 일이 일어났던 (혹은 일어나지 않았던) 장소를 묘사하는 수고를 덜 수 있었다.

그날 아침 코카서스 남쪽의 산허리에는 전혀 인적이 드물지 않았다. 지금 돌이켜보면 시골 길가에는 정말로 많은 사람들이 들끓었다. 그가 나한테 이야기했던 걸로 미루어봐서, 그 사람들은 모두 걸어서 어디론가 가고 있었으며, 모든 도로에 차라고는 돈 후안의 시종이 모는 것 한 대뿐이었던 모양이다. 동방의 땅이라 그랬을까? 아니, 그런 흔적은 거의 없었다. 오래 전부터 입은 옷차림이나 행동거지나 심지어 풍기는 냄새까지도 동방은 서방처럼 보였고, 서방은 동방처럼 보였고, 뭐, 그런 식이었다. 그 이레 사이에 유일하게 독특했던 것은 아마도 끊임없이 흔들리는 오월의 산들바람과, 그 아래, 그 위, 그 사이로 떠다니는 솜털처럼 보송보송한 포플러나무 씨앗이었을 것이다.

돈 후안은 길가를 걸어가는 사람들 중에서 혼자인 사람을 거의 보지 못했다. 그가 마주친 것은, 예외 없이 작은 무리이긴 했지만, 헤아릴 수 없이 많은 무리의 사람들이어서 참 유별났다. 그가 자동차에 올라탔을 때 벌써 그 숫자 헤아리기를 포기하진 않았다 하더라도, 이처럼 모습이 제각각인 사람들의 행렬, 혹은 민족의 대이동 앞에서는 포기할 수밖에 어쩔 도리가 없지 않았겠는가.

그의 운전사는 마침 어떤 결혼식에 가는 중이었으며, 돈 후안은 초대는 받지 않았지만 손님으로서 당연히 그 자리에 갈 터였다. 지난 여러 해 동안 그는 생면부지인 사람들의 잔치에 (아니, 사실 꼭 모르는 사람들의 잔치에만) 자주 참석했었다. 그렇지만 코카서스에 도착했던 그날 이전에 그가 참석했던 잔치란 것은 모두 장례식뿐이었다. 세례를 받는 예식을 할 때면 교회라든지 어떤 장소의 한 구석이 배타적으로 모인 일단의 사람들을 위해 따로 마련되고, 어떨 때는 교회 전체가 몽땅 그들을 위해 할애되기도 하지만, 장례식의 경우만큼은 누구든지 그냥 행렬에 섞일 수가 있었던 것이다. 하지만 세례의 경우, 의식이 끝난 다음 밖으로 나와 영세를 받는 어린 것들의 젖은 머리칼이나 털도 나지 않은 머리가 젖은 걸 어렴풋이나마 상상해보는 것도 괜찮았고, 첫 번째 영성체 의식을 마친 계집아이들이 햇볕 아래 옹기종기 둘러 모여 아이스크림 핥아먹는 모습을 보는 것도 좋았었다.

결혼식이 벌어질 동네에 이르기 전 여정이 막바지에 이르는 동안, 돈 후안은 동승자의 입장에서 운전자의 입장으로 바뀌었다. 그의 시종은 주인에게 길을 가르쳐주고는 뒷좌석의 깡통들과 바구니 사이에 드러눕더니 이내 잠이 들어버렸다. 동반자가 없이 혼자서도 대개의 경우 주위 환경의 좀 더 상징적인 것들을 수용할 수 있다면야, 옆에 누군가가 잠들어 있는 경우에도 역시 누구든 거기에 푹 빠질 게 아닌가. 하물며 저 새 친구처럼 할퀸 자국이 있는 얼굴로 거기 누워 저렇게 태평스럽게 열심히 잠들어 있다면 말이다. (나는 돈 후안이 이야기를 하는 도중 '나'라는 말 대신에 삼인칭을 얼마나 자주 사용하는지 깨달을 수 있었다. 마치 그때 그에게는 자기 자신의 경험이 보편타당성을 가진다는 것이 무언가 당연한 일인 것처럼. 하나님 맙소사, 내 인생의 흥망성쇠도, 결국엔 '흥'과 '성'보다는 '망'과 '쇠'가 더 많았지만, 나한테는 그처럼 보편적이겠지.)

지난 여러 해 동안 그는 사람들을 쳐다보거나 받아들이는 것을 피하지는 않았다. 그러나 그가 눈길을 준 대상은 주로 아주 늙은 사람들이거나 아주 젊은, 혹은 어린 아이들이었다. 그 중간에 있는 대중들, 일단 보기에 갈수록 우세해지고 있는 대다수는 간과해버렸다. 그에게 그들은 존재하지 않았고, 그들은 그에게 가치가 없었다. 그 대신 돈 후안은 이런저런 연약한, 혹은 보호받지 못하는 자들을 점점 더 절박하게 찾고 있었다. 그에게는 노인이나 아이들을 알아보고 그들의 눈높이로 그들을 바라보는 것이, 다른 어떤 사람들에게 몰두하는 것보다 훨씬 더 의미가 있거나, 좀 더 색다른 의미가 있었다. 또 거꾸로 이들 노인들이나 꼬맹이들에게는, 돈 후안이

관심의 눈으로 자기들을 봐준다는 것이 거의 확실히 일종의 삶의 의욕 같은 걸 선사했다. 그리고 희한한 것은, 아주 늙은 사람들도 일단 누구에겐가 받아들여지기만 하면, 얼굴이 환해지면서 순식간에 어린애들처럼 되고, 그런가하면 아주 어린 아이들도, 뭐, 갑자기 늙어버리진 않겠지만, 더 어른스러워지고 현명하게 보이는 것이었다. 어리면 어릴수록 더 어른스럽고 현명해지는 것이었다. 돈 후안에게는 어떤 한두 가지 '인간 종種'만이 아직도 하나의 특성을 가지고 있었고, 그 특성은 자꾸만 사라져가고 있는 소수인 것 같았다.

이제 어쩌면 모든 것이 조금씩 변하기 시작한 것은, 뒷좌석에서 자고 있는 그 친구 하나 때문만은 아니었다. 그렇다고 그것은 길이 굽어서 돌아간 끝에 느닷없이 두 눈을 크게 뜬 채 피투성이가 되어 죽어 자빠져 있는 어떤 사람 때문도 아니었다. (아니, 혹시 그 때문이었던가?) 어쨌거나, 돈 후안은 차를 운전하면서 점차 여러 가지 타입의 사람들을 마주치게 되었다. 특히 누구보다도 의미 없고 형체도 없는 걸로 다가오는 중년까지도 포함해서, 정말이지 온갖 연령층의 사람들이 이제는 그의 눈에 들어오는 것이었다. 그리고 그들의 얼굴보다는 그들의 눈이 더 두드러졌다. 작은 무리를 지어 시골길 가장자리를 걸어가는 (혹은 느릿느릿 움직이는) 사람들에게 특색 있는 얼굴을 부여하는 형체보다도, 차라리 색깔이 훨씬 더 두드러졌다. 코카서스의 깊은 산중에 사는 이 사람들의 눈빛이 한결같이 대충 갈색이나 검은색이 아니었다는 사실, 이 또한 새로운 시대의 상징이 아니었겠는가. 그뿐이랴, 녹색이나 푸른색의 눈, 밝은 회색이나 짙은 회색의 눈도 자주 보였다. 또 하나 덧붙여서 말하자면, 그 얼굴들이 극도의 피로와 절망과 분노와 증오로 인해, 또 가끔씩은 살의까지 더해져, 일그러졌다 하더라도, 그 눈빛 자체는 좋았다. 그 눈들이 악의를 품거나 아무 생각 없이 교만스럽게 혹은 그저 멍청하게 쳐다본다 하더라도, 그 눈빛을 꿰뚫어보고 그것이 반짝이고 춤추게 내버려두기만 한다면, 눈빛만큼은 좋았다. 그들은 다양한 눈의 색깔로 하나의 행렬을 만들어냈으니까. 또 앞서거니 뒤서거니 걸어가면서 이 사람들은 예외 없이 걸어가는 방향과 다른 쪽의 허공을 올려다보고 있어서, 그들의 다양한 눈빛은 하나의 맥박처럼 움직였다. 누군가를 향해, 무엇인가를 향해 그 맥박이 뛰었다. 우리가 길을 지나가다 낯선 어린 아이를 보면 종종 머리를 쓰다듬어주고 싶고, 또 실제로 쓰다듬어주기도 하듯이, 혹은 우리가 거리의 노인네를 보면 종종 그들의 어깨에 팔을 얹어주고 싶듯이 (뭐, 실제로 그렇게 해보진 않았지만), 우리는 손가락 끝으로 그 모든, 그래, 그 모든, 눈과 눈동자를 쓰다듬어주고, 입술을 대고 싶어 했다. 그리고 그 눈빛들도 정말 바로 그런 행동을 기다리고 있었다. (또 '나'라 하지 않고 '우리'라 했다.) 돈 후안은 자동차를 타고 그들의 곁을 지나쳤지만, 일주일 후에도 차로 움직인 그 행위가 그에게는 아주 느릿느릿한 걸음이었던 것만 같았다.

그 때 신부新婦와 눈길을 주고받기 시작했던 것도 그가 아니었다. 무엇보다도 먼저 신부가 그에게 눈길을 주었다. 이레가 지난 후 그는 지붕도 없는 벌건 하늘 아래서 그 젊은 여인을 다시 보게 되었지만, 어쨌든 당시 그 일은 예식이 있었던 홀에서 벌어졌다. 결혼식에 온 손님들은 기다란 테이블 주위로 앉아 있었다. 돈 후안처럼 초대도 안 받고 그냥 들이닥친 손님들도 결코 적지 않았지만, 주최 측은 까탈을 부리지 않고 이들을 조그만 탁자 앞에다 앉혀놓고 있었다. 돈 후안은 가장 뒤쪽의 구석에 있는 조그만 탁자를 하나 얻어 그 앞에 앉았지만, 그게 자신을 멸시하는 태도라고는 생각하지 않았다. 오히려 그것은 손님을 후대하는 마음과 방안 전체를 쉽게 볼 수 있게 해주려는 마음이 함께 작용했던 탓이었다. 그 탁자를 혼자서 차지하고 앉아, 식장 안 전체 풍경과 창문 너머 동네의 풍경까지도 동시에 다 볼 수 있었던 것도 바로 그 덕택이었다. 그의 시종은 틀림없이 그 집안의 한 사람이었던지, 연회의 상좌에 자릴 잡고 앉았으며, 거기서 자꾸만 돈 후안에게로 달려와서는 종업원을 대신하여 음식을 갖다 주곤 했다.

돈 후안은 신부가 던진 눈길을 보고 자기가 얼마나 깜짝 놀랐는지, 나에게 말해주었다. 그것은 특별히 일부러 눈길을 던지는 것이라기보다, 그저 눈을 크게 뜨는 것일 뿐이었다. 하지만 그건 너무도 아름다운 눈이었다. 신부는, 아무 보탬도 없이, 그저 아름다운 그 눈으로 돈 후안에게 가장 아름다운 눈길을 던진 것이었다. 그리고 그가, 돈 후안이 깜짝 놀랐던 것은 무언가에 경악하는 것과는 전혀 다른 것이었다. 그것은 몇 년 동안을 잠들어 있다가, 아니, 그보다는 몽롱한 상태로 있다가, 갑작스럽게, 그러나 조용하게, 잠을 깨는 것과 같았다. 조용하게, 머릿속에서 끊임없이 떠다니던 독백의 중얼거림이 한 순간 멈추어버림과 함께, 그는 얼이 빠진 듯, 정신은 딴 데 가 있었다. 그렇지만 처음에는 어쨌든 그 당황스러움과 혼란스러움을 이겨내야만 했다. 그는 단호하게 일어나서 성큼성큼 다가갔다. 신부를 향해서? 아니, 예식장 바깥으로.

그러나 그 결정은 금방 내려졌다. 이제는 다시 돌이킬 수 없었다. 돈 후안에게 회피한다는 것은 있을 수 없는 일이었다. 거기서 그 낯선 여인에게 맞섰어야만 했다. 그게 그의 의무였다. (그는 이야기를 듣고 있는 나에게 '의무'라는 말을 끈질기게 쓰진 않았음에도 불구하고, 그것은 상당히 자주 거기에 존재했다.) 아무리 늦어도 이날 저녁이면 그의 인생의 한 시기가 끝날 것이고, 지금 그는 그 여인을 실제로 하나의 시기로 간주했다. 코카서스의 그 마을은 꽤나 헐벗고 돌이 많은 언덕 위에 있었다. 점점 더 큰 커브를 그리며 여행을 하고, 우회로에 우회로를 거듭해서 목초지와 휴경지로 들어가는 동안, 그는 믿었다. 헤아릴 수 없이 많은 시간에 걸쳐 일어났던 그 모든 소위 작고 무의미한 일들은, 그게 일어났을 당시에는 다른 무엇보다 다른 누구보다 더욱 중요했다 하더라도, 결국에는 그러안고 수용한다는 것을 말이다. 그것이 여자라는 사실은, 벌써 오래 전에 무효가 되어버린 과거의 한 때에도 그랬듯이, 한층 더 맘에서 우러나오는 수천 가지 일상의 사소한 일들을 밀어내고, 더 이상 삶의 공간을 그들에게 남겨놓지 않을 것이었다. 저주로서의 여자, 아니면, 재앙의 징조로서의 여자?

적어도 일어나고 있는 그 일에 관해서 이번만큼은 자기가 착각하고 있다는 사실을 당시의 돈 후안은 모르고 있었다. 무엇보다도 스스로 마음 안에서 착각하고 있다는 것을. 그리하여 이제 그는 커다란 커브를 그리고 돌아나가면서 작별을 고했다. 북쪽 고지대의 눈 덮인 벌판들은, 가까운 장래에 (혹은 앞으로 영영) 그에게 전혀 현실적 의미를 갖지 못할 것이었다. 가시덤불 사이로 쉭쉭 부는 바람, 너희 덤불들이여, 나에게 그것을 다시 한 번 더 연주하라. 몇몇 안 되는 노인네들과 관을 뒤따르고 있는 한 아이로 이루어진 장례 행렬이 저만치 앞서 가고, 저 뒤로는 애당초 연주되던 결혼 축하 음악이 자꾸만 외국 가요 쪽으로 변하고 있었다. 그 음악은 애도하는 사람들 사이를 잠시 더 머무르고 있었다. 잘 가시오, 진흙 같은 황색과 이회토의 적색이여. 잘 계시오, 가시금작화의 꽃들이며, 개미들의 행렬이여. 목장 울타리에 걸린 양털 뭉치들에게도 영원한 작별을!

하나의 시대를 불러내는 그의 주문은 이제 더 이상 효험이 없었다. 또 다른 새로운 시대, 즉 여성의 시대가 그에게 절절히 다가왔고, 그가 구석의 탁자에서 일어나 탁 트인 바깥으로 물러남과 동시에 이 새로운 시대의 가치와 영향은 시작되었다. 그리고 그는 이 새로운 시대에 지체 없이 거의 무조건 동의했다. 그걸 더 자세히 뜯어보면 그건 위험! 위험을 뜻하는 것이었지만, 그래도 결국은 그의 영혼을 다시금 뜨겁게 달구었다.

돌아오는 길에 마을의 개들이 그에게 길을 피해주었다. 야생 고양이와 별로 다를 게 없어 보이는 동네 고양이 한 마리가 덤불 속에 누워 뒹굴고 있다가, 계속해서 그의 다리를 비며대면서 스쳐 지나갔다. 커다랗고 시커먼 풍뎅이 한 마리가 처음엔 낮게 윙윙거리다가 점차 크게 붕붕거리면서 그를 공격했다. 공격이 아니더라도 하여튼 날아서 그에게 달려드는 것 같았다. 예전부터 동물들은 돈 후안을 위해서 항상 어떤 전령 같은 것을 두고 있었다. 돈 후안으로서야 그 전령들의 메시지를 알 수도 없었고 또 알고 싶지도 않았지만 말이다. 그리고 그는 특별히 가려 뽑은 최상급의 정중함으로써 그들을 대했다. 돼지며, 당나귀며, 물이 말라버린 동네 연못 속의 오리에게까지도 마치 군주라도 대하듯 예를 갖추고 저 먼 옛날에나 쓰이던 완전한 구닥다리 어법과 현대의 어법을 함께 섞어서 그들에게 말을 걸곤 했다. 그는 진지한 상황이 될 때면 언제나 그렇게 말하기 시작했고, 또 혼자 있을 때는 자기 자신한테도 그런 식으로 말했다.

친구도 원수도 없이 혈혈단신 세상을 돌아다니던 그 기나긴 시절이 얼마나 아름답고 좋았던가! 어느 누구에게든 그 어떤 해도 끼치지 않았었지. 어느 누구에게든 그 어떤 약속도 하지 않았었고, 또한 어느 누구에게든 그 어떤 책임도 지지 않았었다. 그런데 이제 그는 어떤 책임을 져야 하는 상황이 된 것이다. 그리하여 그는 상처를 입거나, 아니, 아예 깡그리 사라질지도 모를 가능성을 목전에 두게 된 것이다. 그 여인의 뜻을 받아들임과 동시에 한 사람의 적을 예상해야만 한다는 사실을 돈 후안 자신도 잘 알았다. 이 경우, 그가 새 신랑이나 신부의 아버지 혹은 신부의 오빠 등을 적으로 생각하는 건 아니었다. 애초부터 그는 자기 자신을, 적어도 자신의 한 부분을, 일종의 적이라고, 가장 냉혹하고도 가장 고약한 종류의 적이라고, 예상했다. 어떻게 할 것인가? 만일 여기서 그가 물러선다면, 그는 사기꾼이나 거짓말쟁이가 되는 것이다. 반면, 만약 그 여인에게로 다가간다면, 결국에는 그 여자가 이러저러해서 그로부터 버림을 받았노라고 자신을 표현하지 않을 수 없으리라는 것이 불을 보듯 뻔했다. 그리고 어쩌면 오로지 생각으로 끝나겠지만 (하지만 멀리 떨어져 있을 때 그런 생각이 훨씬 더 무서운 법), 자신을 한 맺힌 복수의 화신으로 표현할 수도 있을 것이었다. 아, 혈혈단신 혼자일 때가 얼마나 아름답고 좋았던가. 그리고 얼마나 끔찍스럽고 멋대가리 없고 가소로웠던가. 올 것은 어쨌거나 오게 될 것이다. 확실한 건 이것이다. 지금! 그를 원하는 그 여인을 물리쳤더라면 그것은 아주 특별한 버림, 즉, 이루 말할 수 없이 비겁하고도 뻔뻔하기 짝이 없는 버림이 되었으리라는 사실.

결혼식의 문지방에서 돈 후안은 하나뿐인 안마당의 나무에서 따낸 잎으로 신발을 세심하게 닦았다. 두 손은 한 다발의 야생 백리향百里香으로 문질러 닦았다. 그는 여러 번 계속해서 눈을 떴다가 감았고, 마치 옛날 영화 주인공들이 아프터 세이브 크림을 바른 다음에 그러는 것처럼 율동적으로 뺨을 토닥거렸다. 식장 안에서는 얼마 전부터 잠잠했던 춤곡이 다시 흘러나왔는데, 그는 음악이 흐르는 쪽으로 몸을 돌려 보지 않고, 한쪽 다리로 일어서서 하늘을 올려다보았다. 그와 동시에 죽은 아이 생각이 다른 무엇보다도 더 고통스럽게 떠오르면서, 그 하늘이 예전 그 어느 때보다도 더 허허로움을 그는 보았다. 주어진 어느 한순간 하늘을 쳐다보게 될 때, 그 하늘은 얼마나 끔찍스럽고 얼마나 비길 데 없이 물적이며 공간적으로 보일 수 있는지! 그보다 더 공간적인 사물은 없을 테고, 그보다 더 물적인 공간은 없을 터이다. 햇살 넘치는 거리에서 어두컴컴한 작업장으로 들어가 그것도 하루 종일 거기서 일해야 하는 구두수선공이나 다름없이, 혹은 단 한 번만 교대해서 들어가는 게 아니라 매일 막장 속으로 사라지는 광부와도 다름없이, 돈 후안은 문지방 위로 발걸음을 떼어

연회장 안으로 다시 들어갔다. 그가 나에게 이야기를 하는 도중에 어쨌거나 그런 모습이 그에게 선히 떠올랐다.

돈 후안은 그 전에는 신부뿐만 아니라 식장에 있던 다른 사람들까지 바라볼 여유가 있었다. 예컨대 그의 시종이 참석자 중에서도 가장 못생긴 여자랑 시시덕거린다든지, 무슨 미인이라도 되는 듯 그녀에게 히죽거리는 모습도 보았다. 또 무엇보다 젊은 축들이 열린 창문 쪽으로 가서는, 오랜 결혼 관습이라도 되는 양, 코카서스 쪽을 향하여 밖으로 침을 탁 뱉는 모습도 보았다. 혹은 이웃마을에서 언덕 꼭대기를 넘고 바위투성인 협곡을 지나 결혼식에 참석했던 정교회 신부神父님이, 진흙과 금작화 꽃으로 인해 노랗게 변하고 바닥에 끌린 정도로 긴 까만 신부복을 무릎 위까지 걷어 올리고서, 하객들에게 신의 축복을 내리기 위해 입구에서 오른손 손가락을 허공에다 수평으로 수직으로 움직이는 모습도 보았다. 또한 그때 신부님의 아주 검게 탄 얼굴이 땀도 흐르지 않는데 번들거리고, 무언가 길고 아주 가늘면서 연한 색으로 끝이 뾰족한 물건이 그의 두 입술 사이로 불쑥 튀어나온 것까지도 보았었다. 그건 이쑤시개였다. 그리고 허약한 노인들이나 아이들까지 포함한 모든 축하객들이 (대개는 앉아 있었으므로) 줄줄이 이어지는 축배사가 있을 때마다 어찌 되었건 벌떡 일어서는 모습이라든지, 그 축배의 대상이 되는 사람에게 열심히 귀를 기울이는 모습, 그리고 축배사가 계속되는 동안에는 실내가 쥐죽은 듯(!) 고요했던 것, 등등을 모두 다 보았던 것이다.

하지만 이젠 그에게 이 낯선 여인 외에는 아무것도, 아무 사람도 보이지 않았다. 그녀의 옆에 있던 신랑조차 돈 후안에게는 애초부터 거의 존재하지도 않았었다. 기껏해야 실루엣 정도로, 아니, 실루엣조차도 아니고 그저 어깨라든지 하얀 와이셔츠라든지 턱수염 정도로만 존재했었는데, 이제 그 신랑은 아예 눈에 들어오지도 않게 되었다. 신랑은 이제 교체해버리면 되는 사람이며, 대용품이나 엑스트라 인간조차도 안 되는 존재였으며, 당장 해결해야 할 과제를 앞두고 무시해도 좋을 그 정도의 크기일 따름이었다. 그리고 그 과제 속에서는 오로지 한 남자, 즉, 돈 후안과 한 여자, 즉, 저기 서 있는 신부, 그 둘만이 중요했다. 아니지, 신부는 무슨 신부? 저기 앉아 있는 것은 신부가 아니라 그냥 한 여인일 뿐인데. 그리고 늘 그렇듯이 그 일주일 동안 돈 후안의 여자들이 되어버린 다른 모든 여자들과 마찬가지로, 이 여인도 두 말할 나위 없이 말로 표현할 수 없을 만큼 아름다웠다.

그는 이렇게 계속 이야기를 이어나갔다. 그는 문에 멈춰 서서 마치 현미경으로 들여다보듯이 그 여자를 너무도 가까이, 너무도 커다랗게 볼 수 있었다. 게다가 다른 건 다 빼고 오로지 그녀만을 보았다. 마치 망원경의 초점에다가 버찌 한 알만을 맞추어놓고 본다든지, 광대한 밤하늘 속에서 밤의 주변 흔적이나 빛줄기는 다 빼놓은 채 오로지 둥근 잔을 가득 채우는 보름달만을 쳐다보는 것처럼. 그랬기에 그 여인은 돈 후안을 일부러 다시 한 번 쳐다볼 필요조차 없었다. 그녀가 두 번째로 눈길을 주었더라면, 그가 하고자 했던 일은 즉시 모든 가치를 잃어버렸을 터이다. 바로 그 순간 그 여인은 어떤 가치, 아니, 그저 어떤 가치가 아니라, 이 세상 무엇보다 가치가 있었기 때문이다.

돈 후안은 유혹자가 아니었다. 그는 여태껏 어떤 여인도 유혹한 적이 없었다. 물론 나중에야 그가 자기를 유혹했노라고 쑥덕거리는 여자들을 만난 적은 있었다. 하지만 그런 여자들은 거짓말쟁이거나, 아니면 물인지 불인지 가릴 줄도 모르는 처지라, 원래 하려고 했던 말과는 전혀 다른 걸 지껄이는 축들이었다. 또한 그 반대로 돈 후안 역시 여자에 의해서 유혹을 당한 적도 없었다. 물론 어쩌다가 그를 유혹하고자 하는 그런 여자들의 뜻대로, 아니면 어찌 되었거나, 내버려둔 적도 있었다. 하지만 그럴 때면 지체 없이 그 여자들에게 똑똑히 일러두었다. 그것이 그들의 유혹과는 아무런 상관이 없다는 사실과, 자신은 남자로서 유혹하는 사람도 유혹 받는 사람도 되지 않겠다는 것을. 그는 하나의 힘을 가지고 있었다. 다만 그것은 다른 종류의 힘이었다.

돈 후안, 그는 바로 그 힘을 두려워했다. 한때는 지금보다 어떤 것에도 구속받지 않고 더 거침없던 때도 있었을 것이다. 그러다가 오래 전부터 그는 이 힘을 휘두르는 것이 두려워 움찔했던 것이다. 그는 나에게 솔직하게 이야기했으며, 전혀 자만이나 허영이 담긴 어조가 아니었다. 오히려 지나가는 말처럼, 그의 이야기에 나오는 그런 여자들은 하나같이, 그를 처음 보는 순간이 아니라 그라는 인간을 알아보는 순간에 그가 자신들의 주인임을 깨달았다고 토로했다. 다른 남자들이야 그 여자들이 보는 바대로의 그렇고 그런 남자였을 테고 또 앞으로도 그렇겠지만, 돈 후안, 그만큼은 그 여자들이 하나밖에 없는 영원한 주인으로 보았던 것이다. ('군림하는 자'라고 하지는 않았다.) 뿐만 아니라 그 여자들은 돈 후안을 거의 ('거의'라고 했다) 일종의 구원자로서 요구했다. 무엇으로부터의 구원을 원했던 걸까? 그냥 단순히 구원자로서 그를 요구했다. 그냥 단순히 구원받고 싶어서. 아니면, 그저, 단순히, 그 여자들은 이곳에서, 이곳에서, 바로 이곳으로부터 자신들을 데려가주기만을 원했을까.

돈 후안의 힘은 그의 눈에서 나왔다. 그러한 눈길이 무슨 연습을 통해 습득된 것일 수는 없다는 사실, 그 사실은 구태여 언급할 필요조차 없었다. 게다가 돈 후안이 그런 눈을 원한 것도, 계획했던 것도 결코 아니었다. 그럼에도 불구하고 그가 여자에게 두 눈을 아니, 한쪽 눈길이라도 주는 순간, 뚜렷이 드러나는 그 힘과 그 의미를 그는 이미 깨닫고 있었으며, 그럴 때도 어딘지 군주 같은 태도가 아니라 오히려 불안과 걱정에 잠긴 상태였다. 그가 어떻게 그런 여자들에게 그윽한 눈길을 주는지를 보면, 망설인다든지 비겁한 태도와 혼동될 수도 있었다. 또 그 자신의 말로도 사실 그건 망설임 같은 것이지만, 결코 비겁함은 아니라는 얘기였다! 여자에게 던지는 그의 눈길이 의미하는 바는 이러했다. 이제 나에게나 당신에게나 결정적으로 돌이킬 수는 없다. 그리고 그건 단순히 한 순간도 아니요, 하룻밤에 관한 것도 아니다.

이미 오래 전에 어느 철학자는 돈 후안의 욕구를 일컬어 이렇게 표현했다. 여자들이 그것을 어떤 절대적인 것으로 받아들이기 때문에, 저항할 수 없는, 그리고 전혀 '불가항력의 힘을 지닌' 것이라고. 그러나 그가 나에게 직접 이야기했던 바에 의하면, 그것은 승리라든가 욕구, 적어도 돈 후안의 승리라든가 욕구와는 아무런 상관이 없었다. 그것은 오히려 반대로 이런 경우였다. 돈 후안은 결코 유별나게 두드러진다고는할 수 없는 그의 모습으로써가 아니라, 그의 눈길로써 여자의 욕구를 방출시켰다. 그것은 거기 있는 한 여자보다도 더많은 것, 훨씬 다른 것들을 모두 다 아우르는 눈길이었고, 그여자를 지나 초월함으로써 그녀가 그렇게 존재하도록 만드는 눈길이었다. 그랬기 때문에 그 여자는 돈 후안이 자기를의도한다는 것, 자기를 인식한다는 것을 알았다. 그러니까그것은 행동하는 눈길이었다. 길을 걸어가는 중이라든지, 기차역 플랫폼이나 버스 정류장에 서 있거나 앉아 있을 때, 그런 일은 얼마든지 일어났다. 그리고 마침내 그것은 심각해졌다. 아니, 심각해질 수 있었다. 그러나 여자는 그것을 하나의해방으로 체험했다.

돈 후안의 그 여자를 향한 눈길, 그리고 그 여자를 넘어선 주변의 공간을 향한 그의 눈길을 통해서, 그녀는 자기가 지금까지 얼마나 외로웠는지를 깨닫게 되었고, 이 자리에서 당장 그외로움을 끝장내고 싶다는 걸 인식하게 되었다. (한 주일 내내 그가 다녔던 길에서 어쩌면 그렇게도 외로운 여인네들만

맞닥뜨리게 되었을까.) 외로움을 깨닫는다는 것, 그 욕망의 에너지, 순수하고도 무조건적인 욕망의 에너지. 그리고 이 여자의 경우 그것은 말없는, 그러면서도 강력한, 실제로는 '불가항력적인' 요구 혹은 주장으로서 표현되었다. 그것은 한 남자에겐, 더구나 그토록 외로운 한 남자에게는, 말할 것도 없이 별 효과가 없을 터였다. 더구나 그 여자는 이미 아름다움 그 자체일 만큼 아름다웠지만, 이제 그런 요구를 통해서 도저히 더 아름다워진다는 게 불가능할 때까지 얼굴이 한층 더 환히 밝아졌다. 한편 그런 표현을 보는 그 남자는 …….

코카서스의 그 신부를 둘러싼 에피소드가 어떻게 끝났을까? 세세한 내용이라는 점에서든, 전반적인 의미에서든, 돈 후안은 또렷하게 이야기를 마무리하지 않았다. 나 역시 어쨌거나 그 일에 관해서는 자질구레한 내용을 알고 싶지 않았다. 게다가 돈 후안의 이야기 첫마디에서부터 결말은 뻔히 보이기도 했다. 그 나름대로의 방식이었겠지만, 돈 후안은 어떤 행동을 주로 부정형으로 이야기했으며, 특히 자기가 행위의 주체가 되는 경우는 더욱 그러했다. 혹은 그런 행위들이 아주 말할 가치도 없는 무엇인 것처럼 여지없이 무시하고 넘어가기도 했다. 그래서 가령 이렇게 말하는 것만으로도 충분했다. "그 젊은 여인에게 다가가지 않고 난 그냥 결혼식장 문에 가만히 서있었다." 그 여자한테 가지 않았다는데, 더 이상 다른 무슨 말이 필요할까. 또한 그들은 함께 옆방에 있었다거나, 바깥으로 함께 사라지지도 않았다. 그리고 서로에게 "이리 와요!"라든가, "지금 당장!"이라든가, "때가 왔어요." 따위의 말도 전혀 나누지 않았다. 두 사람이 할 수 있는 일이라곤 같이 있는 것뿐이라는 듯, 그 둘은 수줍음도 창피함도 없이 그렇게 같이 있었다. 훤한 대낮에, 공공연히, 남아 있던 그 모든 축하객들 사이에서 말이다. 그럼에도 불구하고 누구 하나 무언가 이상하다는 걸 알아차린다든지 쳐다보기는커녕, 그들에게 눈길을 돌리는 사람조차 없었다. 두 사람의 상호 융합을 통해서 (그 융합이 어떻게 일어나든 상관없이) 작동되었던 그 별난 시간 체계가, 옆에서 스쳐 지나가는 사람들에게 그들을 더 이상 인식할 수 없도록 만들었던 모양이다. 그러한 경우 인간의 눈이란 두 개의 육신이 하나로 움직인다는 걸 깨닫기에 충분히 재빠르지도 않았고, 또 다른 한편으로 그걸 깨닫지 못할 만큼 느리지도 않았다.

그럼에도 불구하고 돈 후안은 그날 일어난 일 중에서 어떤 부분이 일주일 후에도 (피상적으로 혹은 수수께끼처럼) 여전히 그의 마음속에 남아 있었는지를 나에게 이야기해주었다. 그는, 아주 사소하긴 하지만, 그래도 자기 자신에 대해 이야

깃거리가 되는 하나의 행동을 하긴 했었던 모양이다. 마침내 돈 후안은 신부를 향해 큰 원을 그리며 다가가서 약간의 거리를 두고는 눈길로 자신의 존재를 알린 다음, 몇 걸음 뒤로 물러나 일종의 자기장磁氣場을 만들어냈으며, 젊은 여자는 너무나도 당연하다는 듯이 앞뒤 가리지 않고 그 자기장에다 몸을 맡겼던 것이다. 이야기를 해나가면서 그는 주로 어떤 행위에 관한 것이라면 재빨리 말해버렸던 반면, 내적인 심경 변화라든가 복잡하게 얽힌 관계에 대해서는 언제나 제법 신중을 기하고 깊은 숨을 들이쉰 다음 입을 열었다. 그것은 아마도 주목할 가치가 있을 테다.

두 사람이 가까워진 것은, 어떤 사람이 거의 죽을 뻔했던 하나의 사건 덕택이었다. 하객 중 한 사람이 생선가시를 잘못 삼켜 질식할 위험에 처했던 것이다. 이 사람이 자리에서 튀어 일어나 날카롭게 비명을 지르는 바람에 그 커다란 식장 전체가 뒤죽박죽이 되었고, 그의 외침은 점차로 아우성치는 소리와 낑낑대는 소리로 옮아갔다가, 다음엔 숨이 꼴깍 넘어가는 소리가 되었고, 마침내는 아무 소리도 내지 못한 채 바닥에 뒹굴기만 했다. 그러는 동안 이 사람은 식장 바닥에 넘어지더니, 얼굴은 오징어 먹물에 가까운 빨간색이 되어, 춤을 추듯 여기저기를 마구 나뒹굴었다. 그런 그를 둘러싼 사람들이 몸을 굽히고는 조언을 한답시고 서로 소리를 질러댔다. 질식해서 넘어져 있던 당사자는 아무 것도 듣지 못하고 있다가, 경련하듯이 몸을 떨면서 생선가시와 한꺼번에 입 속으로 삼켜버렸던 빵 조각을 다시 토해냈다. 그가 다시금 정신이 번쩍 들게 된 것은 누군가의 눈길 때문이었다. 그 난리 중에 그가 줄곧 간절하게 찾았던 그러한 눈길이었다. 게다가 그게 누구였든 그런 눈길이라면 이 불쌍한 친구에겐 도움이 되었을 것이며, 거기엔 특별한 능력이라든지 교육 따위는 필요도 없었다. 한순간 그는 충분히 진정이 되었고, 그것만으로도 스스로에게 도움이 되었다. 사람들은 등 뒤로부터 그의 횡경막을 쳐올리기도 하고 또 누군가가 벌써 그 생선가시인지 뭔지를 목구멍에서 끄집어내는 등 법석을 떨었다.

낭패를 봤던 그 한 사람만이 아니라 식장에 있던 하객 전체에게 생명이 다시 부여된 것 같은 느낌이었다. 다른 사람들도 간신히 목숨을 건진 사람 옆에 같은 모양으로 앉아서 함께 신음하고, 안도의 한숨을 내쉬고…… 그런 식이었다. 한순간 죽음은 도처에 존재했고, 누구든 그 자리에 있었던 사람은 몸속에 죽음을 느꼈다. 정말 가장 중심 되는 곳으로 들어온다기보다는 차라리 바깥으로 뛰쳐나가는 것 같은 느낌을 말이다. 그리고 미약하긴 했지만 이런 죽음의 분출로 인해서, 그때 특별히 (극단적인 건 아니라 하더라도) 생명에 대한 인식이 더 강렬해지지 않은 사람은 아무도 없었다. 그리하여 순식간에 신나는 춤판이 벌어졌다. 여태껏 한 번도 춤을 추지 않았거나 오랫동안 추지 않았던 사람들도 그 춤판에 모여들어, 거칠거나 광란하는 흔적은 없이 춤을 추기 시작했다. 그리고 코카서스의 결혼식이 으레 그렇듯이, 초대도 안 받고 우연히 찾은 손님이라든가 오랫동안 원수처럼 으르렁거리던 친척들까지도 대화에 끼어들었고, 또 그루지아의 관습에 걸맞게 아주 작은 테이블에 이르기까지 갑자기 엄청 많은 숫자의 포도주 병들이 한꺼번에 배달되었다. 그리고 여기저기서 어린 아이들이 (물론 술을 들고 있진 않았지만) 엄마와 아빠에게 열렬히 입을 맞추고 꼭 그러안는 것이 눈에 띄기도 했다. 그걸 보고 있노라면 예전에는 그 아이들이 대충대충이나마 부모들을 따뜻이 포옹한 적은 한 번도 없었음이 분명했다.

이처럼 야단법석을 떨고 있는 가운데 서로 마주 보고 있었던 돈 후안과 그 젊은 여인은 벌써 오랫동안 숨조차 쉬지 않고 있었다. 최후의 완벽한 광휘 속에서 (그 찬란함은 너무나 사소하면서도 또한 너무나 통렬한 결핍, 무언가의 결핍이기도 했으며, 동시에 돈 후안에게는 결핍과 함께 하는 동의同

意를 의미하기도 했다.) 둘만의 시간이 지나자, 그들은 웃음을 짓고 빼다 박은 듯 똑 같은 움직임과 걸음걸이로 똑 같은 순간에 서로로부터 돌아섰다. 그리고는 돈 후안은 거리를 두고서 그녀를 앞장서 걸어가서는, 긴 탁자에 앉아 있던 신랑에게 다시 신부를 인도했다. 신랑을 향해 가는 중에 그런 면에서는 경험이 풍부했던 그를 내심 놀라게 하는 점이 있었으니, 그건 앞서 말한 그 찬란함과 그 웃음이 사라지지 않고 계속되고 있다는 사실이었다. 그의 발아래 나무 바닥은 광택이 났다. 접시에 담긴 원래 쭈글쭈글하고 광택을 잃어버린 지난해의 사과들조차 환하게 웃었고 반들반들 윤이 났다. 연기에 그을린 예식장의 석고 벽에 붙은 거미나 꾸정모기들까지도 일종의 광택을 발산하고 있었다. 그리고 유리창 밖에는, 아, 그건 기막힌 하늘이었다. 게다가 그토록 깨끗한 눈, 그런 눈은 참으로 한참동안 본 적이 없었다. 그리고 그때 홀 안에서 유일하게 연주되고 있던 아코디언, 들리지도 않을 만큼 조용하게 연주되는 그 아코디언을 반주 삼아 불어오는 바람 소리조차도 하나의 광채로 들려왔다. 그것은 민속음악이나 유행가가 아니라 아코디언으로 변주된 오페라 아리아였는데, 그처럼 내면적인 음악을 들어본 것도 참으로 한참 만이었다. 그들은 서로에게 손을 내밀어 악수를 청했다. 마치 평생토록 서로 만나지 못할 사이인 것처럼 작별하는 두 손이었다. 그는 열광적인 마음으로 그녀와 작별했다. 이별의 낙원이여.

그러나 그가 여자를 향해 몸을 돌렸을 때, 그는 알 수 있었다. 자신은 부족함이나 궁핍에 전혀 문제가 없지만, 그 여자는 그렇게 생각하지 않는다는 것을. 그 여자의 눈길은 딱히 그를 향한 것은 아니지만 전반적인 의미에서 검은 분노의 눈길, 아주 근원적인 노여움의 눈길이었다. 방금 그들 사이에 일어났었던 일이 전부일 수는 없었다. 전부이어서는 안 되었다. 그 여자가 생각했을 때, 자기 자신의 전성기는 전혀 (절대로) 끝나지 않았고, 또 절대 끝나지도 않을 것이었다. 또한 돈 후안, 그는, 지금 당장 이 여자를 떠나야 한다는 것을 (그래, 그는 꼬리를 내리고 도망을 치고 싶지는 않았다. 그런 생각에는 애써 저항했다.) 지금 그래야 한다는 것을 깨달았다. 게다가 그녀의 남편은 아까부터 멀리서 자기를 아주 절친한 친구인 양 마주보고 있었고, 그 자신도 이윽고 남편 되는 사람을 제대로 알아봄으로써 진심에서 우러나오는 우정을 느끼게 되지 않았던가. 돈 후안은 남편에게 그 여자를 다시 인도해준 다음, 이내 그 동네를 떠났다.

그리하여 이제 돈 후안의 도주는 시종의 도주와 동시에 일어나게 된 것이었다. 그리고 그 시종의 도주는 자신의 도주와는 다르게 두드러졌다. 시종의 도주는 도망치는 행동이 보여줄 수 있는 거라곤 모두 빠짐없이 보여주었던 것이다. 돈 후안 자신이 도망치고 난 뒤에 남은 것은 오로지 버림 받은 한 여자, 그리고 그녀의 눈길뿐이었다. 그리고 예식장으로부터 아주 멀리 떨어진 곳까지 온 후에, '총을 쏘아도 맞지 않을 거리'에 이른 다음에, 그는 남겨두고 온 여인이 이를 부드득 갈며 침을 뱉으며 한숨짓는 소리가 들리는 듯했다. (다른 일이라면야 땅이 꺼지도록 한숨을 푹푹 쉬는 돈 후안이었지만, 여자 때문에 한숨을 짓는 법은 없었다. 코카서스의 그 여인 이전에 그런 건 말도 안 되는 일이었고, 어울리지도 않았다. 그랬더라면 여자와 자신의 품위를 한꺼번에 떨어뜨렸을 테니까.) 이와는 반대로 그의 시종은 모든 사람들이 빤히 보고 있는 가운데 줄행랑을 치는 바람에, 하객들 중에서 어떻게든 움직일 수 있는 사람이라면 누구를 막론하고 시종과 이미 차안에 앉아서 그를 기다리고 있던 돈 후안을 뒤쫓아 오게 만들었다. 그런 경우에 영락없이 생기는 결과이겠지만, 먼지를 일으키며 달아나는 자동차 뒤로 돌이 마구 날아왔고 (물론 그 때문에 먼지가 더욱 소용돌이치며 피어오르지는 않았지만), 그뿐이랴, 아예 거의 완벽한 추격 부대 하나가 형성되고 말았다. 다만 이 추격 부대는 정확하게 마을 경계선에 이르자 갑자기 멈추어 섰다. 마치 그 경계선이, 미국 같은 나라의 주 경계선처럼, 추격 부대 관할권의 마지막을 나타내기라도 하는 것 같았다.

시종의 얼굴에는 좀 오래된 긁힌 상처 위에 새로이 할퀴어 부분적으로 아직도 피가 배어나오는 상처가 나 있었다. 그는 연미복도 어디다 버렸는지 입지 않은 채 차를 몰았는데, 하얀 와이셔츠는 찢겨져 있었고 등에는 아래쪽까지 깊숙이 이어지는 할퀸 자국이 있었다. 아랫입술은 퉁퉁 부어올라 있었고, 그 한가운데는 깨물려서 생긴 핏덩어리가 하나 붙어 있었는데, 분명히 살덩이에 패인 이빨자국이었다. 거의 트빌리시에 이르러서야 그는 다시 말문을 열었다. 식장 바닥에 쓰러져 나뒹굴며 죽음과 싸웠던 그 손님으로 비롯된 공포심 때문이었을까, 시종은 그 못생긴 여자와 함께 한 마디 말도 주고받지 않았건만, 마치 약속이라도 한 듯 한쪽 구석으로 가서는 서로서로 덮쳤다는 것이었다. 실제로는 그 여자가 돈 후안의 길동무를 한쪽으로 잡아끌어, 청소도구를 넣어두는 좁은 골방 같은 데로 들어가 스스로의 몸을 그에게 내던졌다, 뭐, 그렇고 그런 이야기였다. 그렇지만 시종은 자기 쪽에서도 그 여자에게 눈독을 들이고 있었다는 걸 결코 부인하진 않았다. 축제의 분위기나 술이나 들뜬 마음 같은 요소가 없었다 하더라도 그 여자가 애초부터 전혀 추하게 보이지는 않았다고, 그는 돈 후안에게 설명했다. 옛날부터 자기는 사람들이 일반적으로 그다지 예쁘지 않다고 보는 여자들에게 항상 호감이 가더라는 것이었다. 얼굴에 마마자국이 있는 여자를 보기만 해도 모종의 뭉클한 감동이 그를 사로잡기에 충분했다. 그러면서 동시에 그 흉터 난 여자를 가지고 싶어 했다. 일반적인 의미에서 다소간 밋밋한 용모의 여자가 나타나기만 하면, 그렇게 감동을 받는다는 사실과 갖고 싶은 욕망이 생긴다는 사실로 인해 그는 즉시 당황하는 것처럼 보였다. 그가 좋아하는 타입의 여자가 나타날 때마다 문자 그대로 얼굴이 빨개졌다. 그 한 주일 동안 시간이 좀 지나자 돈 후안은 이미 그걸 예측할 수 있었고, 아니나 다를까, 그럴 때면 그는 얼굴이 빨개지면서 처음엔 좀 얼떨떨한 듯 거의 곤혹스러운 듯 눈길을 옆으로 돌리는 것이었다. 그러나 시종은 자기가 그런 타입의 여자들에게 매료되는 것이 취향이 부족해서도 아니며, 성격이 변태적이라서 그런 건 더욱 아니라고 말했다. 어쨌건 다른 사람들 눈에는 약간 일그러진 얼굴이나, 또 약간 시든 얼굴의 여자들, 한쪽 구석에 조용히 앉아 있을 여자들, 혹은 어디 벽을 따라가며 손으로 쓰다듬고 있을 그런 여자들이 바로 그 시종이 바라는 바였다. 그런 여자들이라면 그는 즉석에서 모험을 시도했고, 그럴 때면 사랑 따위는 문제가 되지 않았다.

청소 도구를 넣어두거나 다림질을 하는 다락방 안, 그는 빗자루 사이에서인지 다림질판 위에선지 그 '못 생긴' 여자와 함께 있다가 뒤쫓아 달려온 사람들에게 기습을 당했는데, 그들은 두 사람을 잡아 죽이거나 패 죽이는 그런 일은 막으려고 애를 썼다. 그런 다음 이 코카서스 마을 전체가 그의 행위에 대해서 벌을 주겠노라고 들고 일어선 것은, 처녀가 가진 그 지역에서의 신분 때문이었다. 그녀는 일종의 정신박약자로 취급 받았으며, 정신박약자는 건드려서는 안 될 존재로 간주되었던 것이다. 그건 엄격한 터부로서 금지되어 있었다. 다른 사람도 아니고 같은 마을 출신인 그 시종은 그걸 알았어야 마땅했다. 이에 대해서 그는 나중에야 돈 후안에게, 자신이 그 터부에 대해서 물론 알고는 있었지만, 다른 한편으로 그 아가씨가 '정신박약'이 아니란 사실도 잘 알고 있었노라고 강조했다. 시간이 흐르면서 이미 오래 전에 그 사실을 알게 되었다고 말이다. 더욱이 그 정도의 안목을 가졌다면 누구나 정상적으로 자신이 처한 상황을 잘 파악할 수 있었을 것이다. 게다가 소위 백치라는 이 여자, 손길은 어찌 그리도 부드럽던지!

두 번째 날,
다마스커스

다음 날 저녁, 돈 후안과 그의 시종은 이미 다마스커스에 도착했다. 그러니까 나에게 그 이야기를 해준 건 딱 일주일 후였다. 그들이 어떻게 거기에 도착했는지는 물어볼 필요도 없었다. 나 또한 물어보지도 않았다. 뭐, 그럴 수도 있었으리라고 보이는 것만으로 내겐 충분했다. 그리고 다마스커스에서 그날 밤을 돈 후안은 어디서 보냈는지, 또 그의 시종은 어디서 잤는지도 물어보지 않았다. 그런 거야 나의 상상력에 부쳐졌고, 그 다음 체류지는 어디였던가, 같은 것도 마찬가지였다. 그러나 나는 시리아의 일기예보가 필요하지 않았던 거나 마찬가지로 상상력이 필요하지 않았다. 아니, 그런 상상력은 이야기를 경청하는 데 오히려 방해만 되었을 터이다.

그곳에서도 오월의 대기는 포플러나무의 꽃 솜털로 아주 자욱했음이 분명했다. 이야기가 진행됨에 따라 나는 벌겋고 누르스름한 땅을 지나가는 돈 후안의 모습, 그리고 똑같이 벌겋고 누르스름한 담 옆을 지나쳐가는 그의 모습을 볼 수 있었고, 그러는 가운데 그의 이야기의 주제는 어딘가 마음을 어지럽히는 특색을 잃어가는 것 같았다.

그가 다마스커스에 도착하던 바로 그날 저녁에 또 다시 한 여자를 만나게 되리라는 것은 돈 후안에게는 확실해 보였다. 얼마나 오래 지속될지는 몰라도 앞으로 다가오는 시간은 여인네들의 시간이었으며, 한 여자는 다른 한 여자를 그에게 선사할 참이었다. 코카서스의 그 신부와 얽힘으로써 (그는 신부와 '관계를 맺음으로써'라고 말하지 않았다) 그는 이제부터 이야기의 주인공이 될 그 특별한 여자의 눈에 띄게 되었다. 물론 그것은 냄새에서 비롯된 것은 아니었다. 그 사이 벌써 막역한 친구가 되어버린 시종이 '여자들이란 족속'(이에 대해서는 나중에 얘기하는 게 어떨까)을 헐뜯는 장광설에서 애써 강조했던 그 냄새 말이다. 그는 이렇게 말했다. "여자들이란 임자 없는 사내가 가까이 다가오면, 언덕이 일곱 개씩이나 가로막고 있어도 그 남자 냄새를 맡는 법이죠." 돈 후안이 일찍이 전혀 기대하지 않았던 사람으로 받아들여졌다

는 사실은, 그의 새로운 마음가짐, 아니, 생전 처음으로 북돋
아진 각오에서 비롯되었으며, 그 여자에게 그런 각오는 그저
불장난의 욕망과는 근본적으로 다른 어떤 것으로 맘에 다가
왔다. 아울러 누가 봐도 그에게 딸린 여자가 없다는 것, 게다
가 태평스럽고 명랑한 성격도 거기에 한몫 했는데, 그런 성
격들은 그날 그 자리에서 만난 그 여자에게도 곧 전염되어
그녀를 거의 뻔뻔스럽게 혹은 대담하게 만들었다.

그러나 그 한 주일 내내 가장 직접적으로 영향을 끼쳤던 것
은 그 여자와 같은 시간에 함께 할 수 있는 돈 후안의 동시
성同時性이었고, 그건 누가 봐도 금방 알 수 있었다. 그녀는
돈 후안을 처음 보는 순간에 이미 자신이 딴 여자들과는 다
른 여자라고 느꼈으며, 낯선 남자인 돈 후안 역시 딴 남자들
과는 다른 남자라고 느꼈다. 여자가 믿는 게 있다면, 그건 바
로 그러한 동시성이었다. 이제 앞으로 계속해서 사건이 진행
되는 동안 그 두 사람이 항상 함께 있거나 함께 행동하리라
는 것은 믿어도 좋았다. 그녀의 제스처가 그의 제스처일 것
이며, 그녀의 표정이 그의 표정일 터였다. 그녀와 그는 완벽
하게 일치하는 시간적 감각을 가질 터였다. 만약 그녀에게
그를 지칭하는 이름이 떠오른다면 그건 돈 후안이 아닐 것이
며, 그녀는 돈 후안에게서 하나의 동시대인을 만난 것이었

다. 그녀가 돈 후안에게서 감지할 수 있었던 무사태평의 성격이나 독신임에 분명한 분위기 등등의 주된 원인은, 돈 후안의 끊임없는 슬픔 속에서 찾을 수 있었다. 당시 그녀는 그 사실을 알지도 못했으며, 또 알 필요도 없었다. 자식의 죽음을 애도하던 돈 후안의 세월은 아직 끝나지 않았다. 자신과 가장 가까웠던 인간을 잃은 고통은 이 여자와의 결합으로 인해서 그 어느 때보다도 생생하게 실감되었다.

돈 후안은 다마스커스의 여인네를 만난 것에 대해서는, 이전 코카서스 저지대의 그 신부를 만난 것만큼 자세히 이야기해주지 않았고, 그 후로 만난 여자들에 대해서도 갈수록 점점 더 입을 다물었다. 그냥 이렇게만 말했다. "그래서 커다란 회교 사원 안 수도승들이 춤을 추고 있는 방에 이르렀다. 그 사원의 이름은 기억나지 않는다." 나는 그가 그 사원의 이름을 기억하도록 도와줄 수도 있었지만, 이야기하고 있는 그의 목소리에다 나의 목소리를 섞고 싶지 않았다. 게다가 이름까지 말하는 것은 그의 이야기에 너무 지나친 간섭이 될 터였다. 그저 다마스커스의 커다란 회교 사원이라고 하면 족했다. 예를 들어 "북아프리카 세우타[16)]에 있는 요새에서……." 라든

---

16) Ceuta는 모로코 영내에 있으면서 스페인 영토에 속하는 고립 영토. 1936년 프랑코가 반란군을 조직한 곳이며, 모로코가 되찾기 위해 오늘날까지도 노력하고 있는 땅이다.

가, "노르웨이 베르겐(Bergen) 근처 피요르드의 부잔교浮棧橋 위에서……"라고만 말하면 충분하듯이 말이다.

돈 후안은 수도승들이 음악에 맞춰 춤을 추는 연주회에 참석해 맨 뒷줄에 앉아 있었다. 오래지 않아 그들의 북소리, 루트소리, 플루트 소리 (혹은 구식 목관악기였나) 등은 무슨 연주회 같지도 않았고, 또 음악으로 들리지도 않았다. 그는 더 이상 아무 것도 듣지 않게 되었고, 다만 헐렁하고 종처럼 생긴 예복을 입고 머리엔 높은 고깔모자를 쓴 채 춤을 추는 수도승들을 바라보는 관객일 뿐이었다. 그 춤이란 것도 제자리에서 대개는 느릿느릿하게 계속 몸을 회전시키는 동작이었는데, 속도를 빨리하는 단계에서는 오히려 느려지는 것 같은 인상, 강력하면서도 내리누르는 듯한 인상을 남겼다. 의상은 빙글빙글 돌고 있는 수도승들과 함께 펄럭였으나, 그들의 눈길은 흔들림 없이 똑바로 회당이나 뭐 그런 걸 응시하고 있었으며, 팔을 쭉 내뻗어 한 손은 바닥을 향한 것 같았고 다른 한 손은 접시처럼 하늘을 향해 활짝 펴고 있었다. 황홀경이었던가? 스스로를 중심으로 빙빙 돌며 간간이 거의 보이지도 않게 되어버리는 그 수도승들보다 더 평화롭고 고요한 것은 상상할 수도 없었고, 그보다 더 깊이 생각에 잠겨있는 것 또한 상상할 수 없었다. 춤을 추는 수도승들의 대부분은 나이가 지긋했고, 따라서 그들에게서 느끼는 평온함은 더욱이나 놀랍지 않았다. 의식이 끝날 무렵 (그래, 그건 단순한 여흥이라기보다 하나의 의식이었다) 젊은 수도승 하나가 나이 많은 수도승들로부터 그 빙글빙글 제자리 돌기를 이어받았는데, 그는 거의 어린 총각이었다. 젊은이는 가볍게 그러나 동시에 엄청 진지하게 몸을 돌리기 시작했는데, 그 눈길에서 무언가 아득한 것, 그러면서 전혀 공허하지 않은 것이 느껴졌다. 그리하여 마침내 춤이 끝나고 다시 정지 상태로 돌아왔을 때, 그의 얼굴에는 미소라든가 미소의 흔적도 없었고 다만 일종의 '활짝 열림'이 피어올랐다.

그런데 여기서 다시 돈 후안은 관중 사이에 있던 한 여인이 자신을 그 특별한 방식으로 인지하고 있음을 깨달았다. 이번엔 어떻게 되었냐 하면, 그러니까 악기 소리가 잦아들고 빙글빙글 돌던 수도승의 움직임이 끝나고 한 박자 다음에, 앞줄에 앉아있던 그 여자가 머리를 돌려 어깨 너머로 쳐다본 것이다. 이번에도 그는 역시 그 여자에 대한 묘사를 나에게 해주지 않고 (말할 것도 없이 그녀는 '형언할 수 없으리만치' 아름다웠겠지만) 슬쩍 돌려서 이렇게만 말했다. 처음 그녀를 봤을 때 머리에 쓴 수건이며 목까지 올라오는 검은 옷 때문에 수녀인줄로만 알았는데, 나중에야 방 안에 있는 대부분의 여자들과 아이들의 절반 정도가 그와 비슷한 옷차림이란 걸 깨달았다고.

전날 다른 나라에서 만났던 첫 번째 여자의 경우와 똑같은, 모양에 있어서나 소리에 있어서 똑 같은, 여러 가지 일이 뒤따라 일어났다. (그로부터 한 주일이 지나자 돈 후안에게 두 여자들의 소리나 음성 따위는 단 하나도 남지 않았지만, 그 첫째 여인의 이미지만큼은 바로 옆에 있는 것처럼 명료하게 남아있었다.) 돈 후안은 그렇게 대부분의 일이 반복되었고, 그 후에 만난 여자들과도 똑같이 되풀이되었다는 사실에 신경이 쓰이긴 했지만, 그것이 그를 망설이게 하거나 깜짝 놀라 물러서게 만들지는 않았다. 그가 놀라서 멈칫했던 것은 반복이란 게 있을 수 없었던 맨 첫 번째뿐이었다. 오히려 그러한 반복에는 그 나름대로의 활력이 있었고, 그 활력은 한층 더 강력해졌으며, 돈 후안은 거기에 자신의 몸을 내맡겼다. 마치 자명한 일에 스스로를 맡기고, 하나님의 계명은 아닐지라도 법칙에다 스스로를 맡기듯이 말이다. 지난날의 여인과 했거나 그만두었던 일을 현재의 여인과도 꼭 같이 한다든지 그만둔다는 건 아주 당연한 노릇이었다. 이 처음의 반복이 그를 용감하게 만들었다.

그러나 반복이라고 해서 전혀 아무런 변화도 없었다는 뜻은 아니었다. 그건 아마도 그저 단 하나의 사소한 변화였지만, 그래도 매번 내적인 영향을 미쳤다. 이런 변화를 통해서 종교적 계명은 실현되었고 동시에 게임의 한 부분이 되었으며, 나아가 또 다른 계명과 해방이 되었다. 혹은 그의 시종이 나중에 표현했던 것처럼, 그런 변화들이 조미료 역할을 했다.

문제의 그 여인네들, 이야기를 하지 않을 수 없게 했고, 이야기의 대상이 되지 않을 수 없었던 그 여인네들 스스로, 날이면 날마다 되풀이된다는 것이 이미 그 특색으로 나타났다. 그때까지 이들은 모두 스캔들이 될 만큼 엄청난 고독 속에서 살아왔으나, 막상 지금 이 순간에야 비로소 스캔들이 되었고 그들 자신도 비로소 그 고독을 처음으로 깨달았다. 어느 나라를 가더라도 그 여자들은 하나같이 그 지방 출신인데도 불구하고 또한 두드러지게 이국적이었다. 나아가 그녀들은 모두 아무런 특성도 없는 듯 눈에 탁 띄지 않았지만, 처음에는 아름답게 보였고, 그 다음엔 형언할 수 없으리만치 아름답게 보였다. 마치 그제야 마침내 눈길이 그들에게 미친 듯, 그제야 마침내 그들이 스스로의 모습을 드러낸 듯이. 그리고 그들은 모두 어딘지 음울하고 어딘지 위협적인 분위기를 가지고 있었으며, 적어도 돈 후안에게는 가까이만 있어도 겁을

주었다. 또 그들은 모두 나이가 없었거나, 혹은, 젊은 여자든 나이가 든 여자든, 한결같이 자기 나이를 초월한 것 같이 보였다. 또 어디에 있든 상관없이 그 여자들은 자기와 같은 신분의 남자를 끊임없이 기다리고 있었으며, 그런 남자가 나타나면 '재빨리' 적절하게 행동할 수 있는 침착성을 지니고 있었다. 이 여자들은 이미 오래 전부터 절박한 심정으로, 죽기 직전, 미쳐버리기 직전, 달아나버리기 직전, 살인이라도 저지르기 직전의 상황에서 존재해왔다. 모두 다 위험하게 변할 수가 있었다. 그리고 결혼식이나 무도회 등 잔치를 벌일 일이라고는 전혀 없을 때조차도 그 여자들은 가장 평범한 일상의 풍경 속을, 마치 축제 분위기의 번들거림에, 아니, 그보다 축제의 향기에 잠긴 듯이 움직이고 있었던지라, 나중에 돈 후안에게는 그 여자들 모두가 하얀 예복을 입은 것으로 보였다. 그리고 그들 중 어느 누가 입을 열더라도, 환자들이나 죽어가는 사람들 얘기는 일절 하지 않았다.

그 여자와 돈 후안을 하나로 맺어주었던 외부적 상황들이 어쨌거나 일종의 문지방, 일종의 계기를 의미한다는 점에서 이번에도 역시 또 하나의 반복이었다. 코카서스의 경우 생선가시가 어떤 빌미를 제공했듯이, 다마스커스에서는 모래 폭풍이 그와 같은 작용을 해주었고, 스페인령 세우타에서 그런 계기를 만들어준 것은 아마도 바로 다음 날 선포되었던 전쟁이었으며, 네덜란드의 모래언덕 어딘가에서 그 이야기가 이루어진 한 주일 가운데 닷새째 그 같은 계기가 된 상황은 북해로부터 몰아쳐왔던 이른 봄 홍수였을 것이다. (다만 돈 후안이 뽀르–르와얄에 나타났던 그날 만난 여자의 경우는, 최후의 자극에 이르는 그런 외부적 '문지방' 혹은 계기가 필요없었다. 이 경우엔 그 두 사람의 근본적인 권태만으로도 이미 족했다.)

돈 후안이 나에게 이야기했던 다마스커스에서의 변화, 주제를 변주하는 것 같은 작은 변화들. 자신이 한 주일씩 만났던 그 여인네들에 관한 거라면 (여자들은 예외 없이 반짝이는 눈빛을 하긴 했지만) 그는 언제나 거의 유일하게 그 변주곡만을 이야기했다. 그루지아의 경우엔 그곳의 여자와 돈 후안이 누웠던 나무 바닥이 삐걱거렸지만, 이곳 다마스커스에서는 그들이 누운 밑에서 모래가 부스럭거렸다고 말이다. 그는 군중의 한가운데가 아니라 멀리 외딴 곳에서 그 여자를 기다렸다. 회교 사원 뒤쪽 저 멀리 철거를 기다리는 구역이나 일시적으로 허허벌판이 된 곳에서. 돈 후안은 자신의 뒷걸음질로써 그 여자한테 방향을 미리 가리켜주지 않아도 그녀가 거기 나타나리란 것을 진작 확신했다. 그의 이야기 속에 등장

하는 여자들이 그처럼 으슥한 구석진 곳들을 자기네들만의
영역으로 선택할 그런 때였다. 다만 그들은 누굴 추적하거나
찾으려는 의도는 없었고, 대개의 경우 혼자서가 아니면 결코
그런 델 가려고 하지 않았다.

그는 오랫동안 기다렸다. 그 전날은 여전히 햇빛이 쨍쨍했
고, 지금은 곧 깜깜한 밤이 되고 있었다. 낮처럼 생긴 초승
달은 코카서스로부터 급히 떠나올 때 보았던 머리칼처럼 가
느단 달보다 그저 약간 더 찬 것처럼 보였다. 그 여자가 마
음을 달리 먹고 나타나지 않았더라면 돈 후안에게는 훨씬 더
좋았으리란 것은 더 말할 필요도 없었다. 그의 앞에 놓인 것
은 하나의 시험이었는데, 그 시험이 어떻게 될 것인지는 그
가 전혀 알 수 없었다. 그는 시험이 무엇으로 이루어질는지
몰랐고, 또 그것을 알아서도 안 되었다. 그리고 그 시험은 그
저 어렵기만 한 게 아니라, 그에게 아주 극단적인 것을 요구
할 터였다. (그래도 그는 그것을 아주 손쉽게 해치웠을 것이
다.) 그는 그 여자를 피해서는 안 되었다. 그녀가 나타날 때
까지 참고 견뎌야 했다. 적어도 이 순간만큼은 꽁무니를 빼
고 달아난다든지 하는 건 불가능했다. 뿐만 아니라 여자는,
여기에서든 다른 데서든, 그를 찾아낼 것이었으니까. 현재로
선 그 여자로부터 달아날 도리가 없었다.

소용돌이치며 솟아오르는 모래 폭풍에 달님이 이미 가려졌을 때, 그 여자는 나타났다. 그녀가 모습을 드러내기 전에는 발소리조차 들을 수 없었다. 여자는 그냥 거기 서 있었다. 돈 후안이 얼마나 오랫동안 어둠 속을 지켜보고 있었던지, 아주 미미한 불빛 하나라도 그를 눈부시게 했을 터이다. 그녀는 어둠 속에서 손전등조차 하나 없이 찰흙 기왓장 따위 잡동사니 위를 걸어 두말할 나위 없이 그를 향하여 다가왔다. 한눈에 척 봐도 달음박질쳐 왔을 것 같았지만, 숨소리조차 들리지 않았다. 여자들이란 얼마나 소리조차 내지 않을 수 있는지! 그러면서도 매번 얼마나 신속하게 나타는지! (눈 깜짝할 새 그들은 눈앞에 있었다!) 그리고 아무런 비밀도 없고, 비밀스런 점도 없는데도, 얼마나 처음부터 끝까지 (아니, 끝도 없이) 은밀할 수 있었는지!

모래 구름이 쉭쉭 소리를 내며 담장 조각을 두드렸고, 담장 뒤에 숨어서 두 사람은 함께 엎치락뒤치락했다. 돈 후안은 그로부터 한 주일이 지난 다음 그 담장 위엔 쇠막대기가 불쑥 튀어나와 있었고, 철사며 막대기며 파이프가 뒤엉킨 가운데 폭풍은 두 사람의 머리 위를 향해 어마어마한 음악을 연주했노라고 이야기했다. 바람과 모래알은, 적어도 한참 동안은, 전혀 규칙적이지 않게 쇠붙이를 향해 몰아쳤다. 한동안 거세지던 폭풍은 약간 잠잠해지는가 싶더니 다시금 세차게 불었고, 그 다음 또 팔랑거리듯 약해지더니 드디어는 그저 부채질하는 정도로 온순해졌다가, 또 다시 거칠게 변해 그 어느 때보다 더 격렬해지는 과정을 되풀이했다. 그래도 단 한 순간도 완전히 약해진다든지 바람이 짜장 중단되는 법은 없었다. 그러는 가운데 폭풍우 속에서 우뚝 솟아오른 쇠 시렁에서는 끊임없이 소리가 울려나왔고, 거기 규칙적으로 대기가 움직일 때마다 오로지 고함처럼 으르렁대는 포효만이 들릴 뿐으로 그건 완전히 단조로운 소리였다. 그리하여 하나의 제대로 된 멜로디가 형성되었는데, 그건 근본적으로 다른 종류의 규칙성을 가진 것이었다. 그것은 하나의 조화로운 멜로디에 관한 문제였다. 정말이지 박자로 보자면 그건 한 번도 동일하지 않은 길이였고, 가장 높은 소리와 가장 낮은 소리 사이에는, 아마도 음계의 총체감을 위해서였겠지만, 아래위 한 단계 정도 더 추가로 생각했을지도 몰랐다. 그렇지만 거의 들을 수 없을 정도의 고음과 간신히 들리는 저음 사이를 오가는 것이나 가장 짧은 박자와 가장 긴 박자 사이의 변화무쌍, 그리고 음의 강약이 변하는 것 등은 단 한 번도 갑작스럽게 혹은 일순간에 혹은 우연히 혹은 제멋대로 생기는 법이 없었으며, 오히려 줄곧 훌륭한 조화를 이루었고 시간과 잘 맞아떨어져 멜로디를 이루었다. ('시간'을 의미하는 말과

'박자'를 의미하는 말이 동일한 언어는 적지 않다.) 여기에 악기 노릇을 하는 것은 바르르 떨리는 철사와, 반나마 떨어져 나가 서로 부닥치며 두들겨대는 쇠막대기들, 그리고 무엇보다도 거센 바람이 지나갈 수 있게 양쪽 끝이 열려있는 쇠파이프 등이었다. 철사와 막대기가 리듬을 만들어내고 있었다면, 파이프는 말하자면 주선율을 연주했다. 아, 그건 얼마나 희한한 멜로디였는지! 돈 후안은 그 멜로디를 콧노래로 흥얼거리거나 나에게 노래로 불러주었는데, 처음엔 다소 불안정한 목소리였지만 갈수록 점점 힘에 넘쳤다. 그럴 때면 그는 이야기할 때 쓰던 의자에서 벌떡 일어나 두 손을 활짝 펴고서 뽀르—르와얄 정원을 왔다 갔다 했으며, 이미 오래 전부터 다른 어떤 일에도 자신이 없었던 나는, 만약 돈 후안이 이 음악을 들고서 당당하게 청중 앞에 나선다면, 다른 여느 음악과는 달리 그 음악은 이 세상을 정복했었을 거라는 확신이 들었다.

종국에는 다마스커스의 모래 폭풍이 더 심해졌지만, 동시에 이제는 단조롭기도 했다. 다만 그것은 쇠 시렁 옆에서 오르락내리락하던 이전의 운율적 특성을 따라 지루한 으르렁거림이나 날카로운 외침으로 들리는 게 아니라 (동시에 밑에 깔린 웅웅거리는 소리로 인해 지루하기는 했지만), 최후의 대단원을 알리는 소리로 들렸다. 남자와 여자 그들 둘은 그 동안 담장 뒤에 누워서 그 멜로디를 듣고 있었다. 그러던 중 한 번은 격심한 슬픔으로 인해 돈 후안의 가슴은 거의 찢어질 것만 같았다. 그러나 다음 순간 바로 그 슬픔이 도리어 그에게 힘을 되돌려주었다. 그 슬픔은 사람으로 하여금 스스로를 초월하여 자라나도록 만드는 것이었다. 슬픔이 사람을 초인적으로 만드는 것이었다. 그리하여 그런 슬픔의 존재가 기적을 일으켰다. 그 컴컴한 폭풍우의 밤에 색깔들이 태어난 것이다. 쓰레기를 모아둔 땅 위에 서있던 반쯤은 말라비틀어진 벚나무 이파리들 사이에 느닷없이 버찌의 빠알간 빛이 환하게 터져 나왔던 것이다. 이렇다 할 빛의 근원도 없었는데 말이다. 새까만 하늘 한가운데서는 푸르름의 탄생. 두 사람의 발아래 바삭바삭 소리를 내던 땅바닥에서는 짙은 녹색의 탄생. 공포로 가득한 세상에서 돈 후안은 맘이 편해지는 자신을 발견했다. 세상이래야 결국 이것 하나뿐이라면, 이 세상이 바로 그의 세상이었다. 그리고 바로 거기서 돈 후안은 그 여자를 만나지 않았던가. 공포에 가득한 그 세상에서 그들은 서로를 찾아낸 것이다.

또 어떤 나라 언어에는 어떤 특정한 종류의 시각이나 시간을 가리켜 '절대로'라는 단어가 있었다. 예를 들어 "그는 A에서

B쪽으로 절대로 오지 않았다.” 돈 후안은 그 여자와 보냈던 이레 동안을 이야기하기 위해서, 물론 약간은 다른 의미에 서이긴 하지만, 바로 그런 표현법이 거듭거듭 필요했다. 예컨대 다마스커스의 그 황무지에서 바로 옆에 여자가 있는 동안 아침이 밝아온 경우는 ‘절대로’ 없었다, 라든가, 모래 폭풍은 ‘절대로’ 소리조차 없이 (느닷없는 여자의 말마따나 ‘예맨’에서 이쪽으로‘ 불어오는) 이른 아침의 부채질 같은 바람으로 바뀌지 않았었다, 하는 식으로. 도시의 암탉이든 시리아 촌 구석의 암탉이든 마찬가지겠지만, 암탉은 이미 울고 있었다. 사방팔방에서 이미 칠면조들이 뒤뚱뒤뚱 걸어 다녔다. 아니, 그 놈들은 밤새도록 뒤뚱거리고 있었다. 공작새들은 이미 새된 소리를 지르고 있었다. 아니, 그 놈들도 밤새도록 그렇게 소릴 지르고 있었다. 도시 곳곳의 회교 사원 첨탑에서는 절대로 ‘무에진[17]’의 목소리가 아침 기도를 하라고 외쳐대지 않았다. 육성으로든, 삐걱거리는 레코드판에서 나오는 소리든, 식식대는 녹음기의 소리로든 말이다. 모래 대신에 이젠 휘발유 연기가 자욱했다. 햇빛 아래엔 이미 비행기가 지나간 자국이 선명했고, 제비들은 날카로운 곡선을 그리며 휙휙 날아다니고 있었고, 저 높이 창공을 뚫고 유랑하는 포플러나무 솜털은 눈부시게 반짝였다. 그리고 무엇인가가 그토록 구슬

---

17) Muezzin은 회교 사원에서 기도 시간을 알리는 사람을 일컫는다.

프게 짖어대고 있었는데, 이제 막 처음으로 들리는 것은 아
닌 그 울부짖음은 (여기는 아라비아 땅이니까) 도살장으로
끌려가는 돼지 소리는 아닐 터였다. 간간이 들려오는 신음소
리나 훌쩍거림으로 짐작컨대 그것은 아무래도 짐승은 아닐
진대, 그렇다고 인간도 아니었다. 어쨌거나 자랄 대로 자란
어른은 아니었고, 신에게 버림받고 세상으로부터 버림받아
어린 아이처럼, 적어도 밤이 새도록 지금까지 끝도 없이 칭
얼대는 아이처럼, 흐느끼는 어른도 물론 아니었다.

돈 후안과 그 여자가 아무런 이의 없이 다시 낯익은 보통의
시간으로 돌아가야 할 순간이 왔다. (아뿔싸, 그 여자의 경우
이에 완전히 동의하지 않았다는 사실을 돈 후안은 좀 늦게서
야 알아차렸다. 덕택에 돈 후안은 '몸을 일으켜' '거길 벗어나
는' 것 외에는 다른 방도가 없었다.) 그들은 당장 그 자리에
서 헤어지지는 않았다. 그는 여자와 함께 그녀의 집으로 갔
다. 여자는 돈 후안에게 행운을 지켜주는 파티마[18]의 손이 달
린 목걸이를 선물로 주었다. 둘은 항상 함께 아침식사를 했
고, 또한 막 잠에서 깨어난 아이도 그들과 같이 아침을 먹었
다. 아이는 아무렇지도 않다는 듯이 생판 얼굴도 모르는 사

---

18) Fatima는 포르투갈의 가난한 작은 마을로서, 1917년 이곳에서 성모 마리아가 세 명의 목동 앞에
　　현신하여 세 가지 예언을 한 걸로 세상의 주목을 받았다.

람 옆에 앉아 있었다. 돈 후안이 거기 있다는 사실은 아이에게 그저 당연한 일, 그 이상이었다. 아이는 마치 돈 후안이 오랫동안 기다렸던 사람인 양, 그에게 환한 미소를 지었다. 그가 계속 머무르든 아니든, 좌우간 이 낯선 남자는 아이에게 친구였다. 다마스커스에서의 그 아이는 코카서스에서의 그 신랑과 똑 같은 입장이었던 것이다.

그의 시종은 그 여관의 옆방에서 취침했다. 돈 후안이 노크를 했으나 아무런 답이 없었다. 그러나 문은 잠겨있지 않았기 때문에 그는 안으로 들어갔다. 방 안은 칠흑 같이 깜깜했으며, 덧문은 틈도 없이 꼭꼭 닫혀 있었다. 담뱃불 하나가 반짝 보이는가 싶더니, 이어 바로 다음 순간 옆에서 두 번째의 담뱃불이 빛났다. 담배 연기를 (둘이서) 들이쉬고 내쉬는 소리 외에는 아무 소리도 나지 않았다. 돈 후안은 발가락 끝으로 살금살금 걸어 창가로 가서는, 마치 돈 후안이 시종이고 침대에 누운 두 사람이 주인이라도 되는 것처럼, 조용히 커튼을 열었다. 그러는 와중에 침대에 누운 커플은 갑작스레 쏟아져 들어오는 햇살에도 어째 눈이 부시지도 않는 듯, 마치 어느 영화의 밤 장면에서처럼 계속 담배를 빨았고, 그들 방에 들어온 제삼자를 무엇보다 존재하지도 않는 것처럼 쳐다보았다. 돈 후안 역시 딱히 그들 쪽을 바라보지 않고 도리어 바깥의 아침거리에 눈길을 주었다. 그렇지만 어쨌든 시종과 그의 여자를 잠시 스쳐 지나가듯 쳐다보자, 다마스커스를 떠나온 후에도 계속 머리를 떠나지 않던, 그래서 한층 더 생생한, 그 밤의 장면이 떠올랐다. 그리고는 돈 후안이 나에게 말했다. 게다가 어떤 사물에 유난히 신경을 집중하지 않고 그렇게 가벼이 스치듯 눈길을 주게 되면, 단단히 맘먹고 관찰하거나 심사숙고하는 경우보다도 때로는 더 강렬한 인상을 남기게 되는 법이라고 말이다. 어찌 되었거나…… 시종의 새로운 애인이 돈 후안에게 다시 남긴 유일한 인상은 여드름 자국인지 천연두 자국인지 나병의 흉터인지 모르지만 한 눈에 척 알아볼 수 있는 흉측함 또는 일그러진 모습이었고, 게다가 염치가 없다고 할 정도로 행복한 미소를 띠고 있었다. 그런가하면 그녀의 정부인 시종으로 말할 것 같으면 그 전날 물리고 할퀸 상처가 밤새 다 나았음인지, 계속해서 천연덕스럽게 담배를 뻐끔거리면서 그녀의 머리칼, 가슴, 그리고 너무도 길고 휘어지기까지 한 코를 아주 열렬하게 어루만지고 있었으며, 얼굴 표정에는 분노와 향락, 다정다감과 혐오감, 권태와 욕구, 동경과 죄책감 따위가 도저히 떼어낼 수 없게 뒤섞여 있었다. (죄책감으로 말하자면, 그건 주인님이 나타남으로 해서 생긴 건 결코 아니었다.)

그러고서 한 주일이 지난 후 다시 다마스커스로 돌아간 돈 후안에게, 그곳의 밤과 다음날 반나절은 아래와 같은 몇 가지 시시콜콜한 기억으로 남았다. 여관 앞의 거리를 지나던 어느 남녀가 그 중 하나다. 나이가 지긋한 여자는 상당한 거리를 두고서 똑같이 늙은 남자의 뒤를 따르고 있었는데, 여자는 부지런히 걸음을 옮기는 반면 앞선 남자는 걸음걸이를 늦추는 것처럼 보였음에도 불구하고, 두 사람의 간격은 줄곧 그대로였다. (코카서스에서도 이들과 같은 한 커플이 그렇게 걸어가고 있었는데, 거기서는 거꾸로 남자가 저만치 뒤떨어져 여자의 뒤를 따랐고, 반대로 여자는 자로 잰 듯 천천히 걸었고 남자가 두 팔을 휘두르고 다리는 뜀박질할 때처럼 서둘러 걷고 있었다.) 그리고 새 한 마리가 마치 개구리처럼 이쪽 풀밭 섬에서 저쪽 풀밭 섬으로 재빨리 뛰어다니고 있었다. 또 우물가에는 한 아이가 거기 돌에 걸려 넘어져서 울음을 참느라고 한참, 정말 한참동안, 안간 힘을 쓰고 있었다. 그 다음엔 말할 것도 없이……

세 번째 날,
세우타

세우타의 고립영토로 향하는 길에 (돌이켜 생각해보면 그것
역시 여행이라기보다는 그저 지나는 길이었는데) 돈 후안은
엄청나게 하품이 나와서 견딜 수 없었다. 하지만 그의 하품
은 시종의 경우처럼 고단해서 나오는 게 아니었다. 그의 시
종은 오랫동안 함께 길동무를 한지라, 자기 주인에게 종속
되지도 않고 그저 웬 낯선 승객인가 싶게, 몇 줄 뒤에 떨어
져 앉아있었다. 돈 후안의 하품은 이제 막 어떤 위험을 아슬
아슬하게 벗어났을 때 덮쳐오는 그런 종류의 하품이었다. 산
꼭대기에서 추락하기 직전에 누군가 내 몸을 다시 믿음직한
대지 쪽으로 확 낚아채 구해준다든지, 전쟁에 관한 전혀 우
습지 않은 우스갯소리 중의 하나처럼, 예를 들어 어느 용사

가 전투가 한창일 때 담배를 피우려고 머리를 숙이고 막 불을 댕겼는데, 바로 그때 적군의 총알이 바로 머리 옆을 스쳐 지나가서 간담이 서늘해진다든지, 그런 경우다. 뭐, 그렇게 마지막 순간에야 가까스로 구조를 받은 다음에는, 으레 그런 식으로 하품이 나오게 마련이다. 그건 정녕 마음에서 우러나오는 하품이었다. 이제 그의 삶이나 그의 이야기는 그냥 어떻게 해서든지 단순히 계속되기만 하진 않을 참이었다. 일단 위험에서 벗어나 안전하게 되자 돈 후안은 그 어느 때보다 더 마음이 급해졌다. 그 안전함은 단순히 잠정적이고 또 틀림없이 단기적인지라, 북아프리카의 여정 동안은 그것을 얼마든지 만끽할 수 있었지만, 반면 다른 종류의 안전감은 무언가 그와 반대되는 작용을 할 터였다.

그처럼 마음껏 즐김으로 인해 아직 만나지 않은 미지의 여자에 대한 기대감을 일찌감치 불러일으켰는데, 그의 다음번 체류지에서 그 미지의 여자는 돈 후안의 한 부분이 되며, 또 반대로 돈 후안은 여자의 한 부분이 될 것이었다. 그리하여 여자로 가득한 돈 후안의 한 주일 가운데 이 셋째 날, 그는 다음번에 만날 여자뿐만 아니라, 그 후에도 계속 조우하게 될 다른 여자들에 대해서도 즐거운 맘으로 기대해 마지않았다. 그리고 동시에 그는 한 장소에서 다음 장소로 옮겨 다니면서 자신의 슬픔, 위로할 수 없는 슬픔을 달고 다녔다. 조금씩, 자신의 마음과는 아무 상관 없이, 마치 저절로 생기듯, 하나의 계획이 그렇게 생겼다. 돈 후안은 달아나고 있는 중에는 마음이 평화로웠다. 그의 도주 자체가 하나의 평화였다. 달아나고 있는 동안에야 비로소 마음이 가라앉는 것이었다. 다음에 머물 장소가 가까워지고 여자와 만날 때가 다가올수록, 돈 후안은 다시금 불안해지는 것이었다. 그러기 전까지는 설사 어떤 불가항력이라든지 엄청난 화재나 지진, 아니, 설사 하늘이 무너지는 일이 생긴다 해도, 그는 눈도 깜짝하지 않을 터였다. 그렇지만 시간이 지남에 따라 돈 후안은 그 어떠한 일도 여자와의 만남을 가로막지는 못하리란 것을 이미 알고 있었다. 세우타의 전쟁 상황조차도 '이미 언급했다시피' 그런 만남을 불가피하게 만들었다. 날이면 날마다 돈 후안과 여자 사이에 존재하는 힘보다 더 강력한 힘이란 결코 없었다. 물론 그럴 때 돈 후안으로부터 "사랑"이라는 말은 일절 나오지 않았다. 사랑이란 말은, 그때 일어나고 있던 일을 약화시켰을 뿐이리라.

세우타의 여인에 관해서 돈 후안은, 어떤 종류의 집회로부터 멀찍이 떨어진 곳에서 이미 그들 두 사람이 처음이자 결정적으로 조우하게 되었다는 것 외에는, 별다른 이야기를 거의 하지 않았다. 여인은 무슨 축제나 왁자지껄한 모임으로부터 돈 후안을 따라 인적이 드문 곳으로 온 게 아니었다. 그녀는 이미 그 전부터 거기에 있었다. 지뢰가 묻혀있고, 철조망이 여러 겹 둘러쳐진 국경 어딘가에 말이다. 주변의 모로코 사람들이나 더 멀리 모리타니아 사막에 사는 사람들은 스페인이 자기 땅이라고 우기는 세우타를 지나 지중해 저편 약속의 땅 유럽으로 몰래몰래 스며들곤 했지만, 그 국경선은 이들의 시도를 막지는 못하고 있었다. 돈 후안은 그곳 성채의 뒤쪽을 거닐고 있었는데, 뜻밖에도 그 여자가 그의 뒤에 있었다는 것이다. 보통의 경우 길거리에서 남정네들이 여인네들의 뒤를 따르는 것과 꼭 마찬가지로 그 여자는 돈 후안의 뒤를 따라 거의 모래로 뒤덮인 대초원 쪽으로 나갔는데, 그래도 짐짓 자신이 그저 우연히 그와 같은 길을 가고 있다거나, 그와는 전혀 다른 목적지를 향해 걷고 있다는 듯한 가식을 부리지는 않았다. 그 여자의 목표, 그것은 바로 돈 후안이었다. 그러므로 그녀는 돈 후안이 몇 차례인가 돌아봤었지만, 한 번도 수풀 뒤나 폐허 뒤로 몸을 숨기지 않았다. 눈도, 어깨도, 몸체도, 일절 자기 자신을 숨기려 하지 않았으며, 성큼성큼 큰 걸음으로 두 팔은 엉덩이를 받친 채, 머리는 곧추세우고 눈을 끊임없이 그를 향해 커다랗게 뜨고서, 그렇게 그의 뒤를 따랐다. 때때로 그녀는 그를 향해서 자그마한 돌을 던지기도 했는데, 그건 실상 속이 빈 달팽이 집이었다. 또 그녀는 가끔씩 모습을 감추기도 했는데, 그것 역시 돈 후안에게는 마찬가지로 맘에 들었다. 돈 후안은 맨땅에 배를 깔고 누워 잠이 들었다가 눈을 떴을 때, 소리는 없지만 강렬하게 계속 타오르고 있는 국경의 횃불 빛을 받으며 거기 누워있던 자신의 주위를 빙글빙글 돌고 있는 여자의 모습을 보았다. 그는 나에게 이렇게 말했다. 근데 그것도 모자라서 말이지, 자꾸만 가까이 다가오면서 내 주위를 맴돌더니, 결국은 옷자락을 걷어 올린 채 멀거니 누워있던 내 위에 올라타서는 말이야, 그것도 그저 한 번이 아니라 자꾸만 반복해서, 앞으로, 뒤로, 한마디 말도 없이 …… 맨발로 …… 돈 후안은 그제야 비로소 그 젊은 여자가 아이를 배고 있었다는 것, 그것도 이미 오래전부터 임신 중이었다는 걸, 처음으로 깨달았다.

돈 후안은 그런 다음 세우타의 여자와는 물론 훨씬 더 오랫동안 머물렀다. 그 여자와의 사이에서도 역시 아무런 일이 일어나지 않았어, 눈곱만치도, 라고 그는 곧바로 명백히 밝혔다. 이튿날 아침 그 여자는 돈 후안의 시종과 팔짱을 끼고 알헤시라스[19]로 가는 페리 부두 안의 바에서 그의 곁으로 와

---

19) Algeciras는 에스파냐 이베리아 반도 남쪽 끝에 위치해 있다. 인구는 10만여 명이며 북아프리카와의 무역항으로 유명하다.

앉았다. 여자는 스스로를 떠돌아다니는 유랑자이며 정복자라고 불렀는데, 돈 후안은 이 떠돌아다니는 정복자가 그때 자신한테 들려준 이야기를 대충 이렇게 되풀이해주었다.

돈 후안이 그랬다. 그 여자는 자기가 한때 세우타 고립영토의 미인대회 우승자였다고 하더군. 그게 뭐 그다지 오래전의 일도 아니었을 텐데, 이 여인네를 제외하고는 그 일을 기억하는 사람이 그 지방엔 없는 것 같더라고. 첫눈에도 그 여잔 도무지 체형이 없는 것 같았어. 돈 후안은 '뚱뚱하다'는 말을 애써 피했고, 하물며 '비만' 따위의 말은 더더구나 입에 담지 않았다. 하지만 딱히 틀도 없는 몸매에도 불구하고 여자는 자의식이 대단한 동시에 도전적이기까지 했다. 그러니 그의 시종이 그녀와 관계했음이 빤히 눈에 보이는 것도 무리는 아니었다. 그새 시종은 돈 후안에게도 이미 익숙해진 혐오감과 호감의 중간쯤 되는 표정을 하고서, 그 여자가 주인님에게 자기 이야기를 하고 있는 동안, 옆에서 줄곧 그녀를 쳐다보고 있었다. 그런데 이번에는 그의 행동거지에 겸손함이라고 해야 할까, 무언가 제 삼의 요소가 한몫을 차지하고 있었으며, 혐오는 진짜가 아니라 그저 꾸며낸 것이고, 이에 반해 호감은 하나의 종속적인 감정이었다. 그렇다면 그녀가 그의 옆에 앉았던 게 아니라 오히려 그 남자가 그녀의 옆에 앉았

다는 사실, 그러니까 임시로 그녀의 상대가 되어주는 남자로
서 참을성 있게 그녀 곁에 있었다는 점 또한 분명했다.

그 여자는 이미 오래전 아이였을 때부터, 그래, 어쩌면 아주
어린 아이였을 때부터, 남성들에게 앙심을 품고 있었던 것이
다. 이러한 그녀의 복수심에는 아무런 근거도 없었다. 단 하
나도. 아버지나 할아버지나 혹은 아저씨 같은 사람들에게 몸
을 더럽힌 적도 없었고, 어느 애인으로부터 배신을 당했다든
지 버림을 받지도 않았었다. 그녀가 아주 어렸을 적에, 같은
또래의 소년들에게 어떤 식으로든 단 한 번도 특별한 아이로
비치지 않았기에, 스쳐 지나가면서 단순히 그렇게 눈에 띄는
것만으로도 충분했고 (게다가 그녀를 주목하지 않는다는 것
은 애초부터 거의 불가능했다) 그때부터 이에 역습을 가하는
기분으로 그녀는 곧바로 생각했다. 너희들 두고 보자! 복수
다. 난 복수할 거야. 그렇게 생각했고, 그렇게 실행했다. 꼬
마 아이일 때부터 이미 그랬다. 몰래 숨어 있다가 자신에게
주목한 사내아이들을 잠복처로, 자기에게로, 끌어들여 마지
막까지 '갖고 논' 다음에, 마음을 다 털어놓도록 만든 다음에,
마치 아무런 일도 없었다는 듯 (하기야 물론 아무 일도, 전
혀 아무 일도, 없었고 모든 건 그저 가식이자 베일에 가린 춤
에 불과했지만) 이렇다 저렇다 한마디 말도 없이, 가능하다

면 구경꾼이 보는 가운데, 가능한 한 사내들이 구경하는 가운데, 내쫓아버리거나 '나가서 산보나 하라고 차버렸던' 것이며, 그 구경꾼 중에서 또 다른 사내아이를 새로이 점찍어 복수의 여정 중 다음 목표로 삼는 등, 오늘에 이르기까지 그런 식이었다. 그녀의 유혹에서 완전히 벗어나 어쨌든 아이들의 세계에서도 밀려나고, 그렇다고 해서 나중에 어쨌든 남자의 세계로 들어가지도 못했던 그 당시의 어린 학교 친구들처럼, 이제 그 여자는 매일매일 자기와 관계를 맺었다가 눈 깜빡할 새 버려지고 마는 성인들까지도 역시 영원히 거세되는 꼴을 보고 싶어 했다. 그녀를 알게 된 다음엔 그들이 스스로 남자인지 여자인지조차 모르게 되는 것도 바로 그녀의 복수였다. 그 여자는 돈 후안에게 말했다. 그건 복수를 하려는 욕구가 아니라 복수의 쾌락에 관한 문제라고. 게다가 이러한 복수의 쾌락은 그녀의 성적인 쾌락과 더불어 남자와 하나가 되는 그 순간에 이미 존재했고 또 채워졌다. 그런 다음이면 오직 남자만이 그녀로부터 떠날 뿐이었다. 그녀는 남자에게 자신의 황홀경을 알아차리는 즐거움조차 단 한 번도 허락하지 않았다. 그러니까 남자 입장에서 보면 아무 일도, 전혀 아무 일도, 일어나지 않은 셈이었다. 무엇보다 자기가 천국의 여자인 양 남자들에게 과시했지만, 남자들로서는 가장 깊은 남성들의 꿈에서 갑작스레 거칠게 깨어나는 꼴이었다. "난 악마의 손아귀에 있었어. 아니. 지금도 악마의 손아귀에 잡혀 있어. 앞으로도 악마의 손아귀에 잡혀 있었던 셈일 거라고.”

그럼에도 불구하고 정복자이며 복수자인 이 여자는 다른 여자들보다는 남자들한테 비교가 안 될 정도로 말할 수 없이 인기가 더 좋았다. 그렇다고 이야기하는 그녀의 목소리에 으름장이라든가 경멸의 기미라고는 전혀 없었다. 그 이야기는 그야말로 부드럽게 그녀에게서 나왔으며, 그 소리와 더불어 어떤 무형의 상태로부터 그녀의 얼굴과 또한 몸 전체가 정말 갑작스럽게 걸어 나오는 것이었다. 딱히 무얼 바르지 않아도 입술은 금세 립스틱을 덧칠한 것처럼 보였고, 주먹코는 아니라도 코가 벌름거렸으며, 특별히 색다르게 눈을 뜨지 않았음에도 그 커다란 두 눈은 (느닷없이 그리고 아름답게) 뜨여져 있었다. 그건 정말로 부분적으로 야바위 같은 것이었다. 당시 그녀 스스로 과시했다시피, 별달리 얼굴 화장에 손을 보지 않고서도 그렇게 척척 모습을 바꾼다는 것은 어릴 적부터 거울 앞에서 연습을 통해 습득한 그녀만의 레퍼토리에 속했고, 또 그런 레퍼토리 덕택에 모든 경쟁자를 물리치고 세우타에서 미녀대회 우승자가 되기까지 했으며, 나아가서 스페인 전국 미인대회도 정복했었다. 하지만 이에 반해서 그 남자들과 이야기를 나누게 될 때 (단순히 ‘남자’도 아니고 ‘남자들’도 아니며 ‘그 남자들’이라고 말했다) 그녀의 피부에 일어나는 변화는 결코 연습한다고 될 수 있는 게 아니었다. 젊음이야 이미 오래전에 지나가버렸지만, 그녀의 피부는 활짝 피어났고 매끈해졌던 것이다. 그리고 그것은 경직되어 있고 무자비한 복수심의 소유자가 가진 매끈한 얼굴이 아니었다. 그것은 언뜻 보기에는 부드러운 살갗으로서 이마에 약간의 주름살이 있어서 더욱이나 두드러졌으며, 온통 분홍빛이었다가 갑자기 창백해진 두 입술이 얼굴의 중앙에 있어 민감하게 보였다. 그럴 필요가 있어서는 아니겠지만, 그 때문에 팽팽해지고 용수철처럼 튈 준비가 되어 있는 것은 바로 그 여자의 몸이었다. 그녀에게 중요한 것은 오로지 남자뿐이었다. 여자의 경우는, 여자란 말만 들어도 그녀는 흥미를 잃었다. 오직 남자들만이, 지금은 이 남자, 다음엔 딴 남자, 그 후엔 또 다른 남자, 그런 식으로 오직 남자들만이 그녀에게 문제가 되었다. 게다가 그녀는 계획을 짜지 않고서도 어떤 남자의 경우이든 복수할 것을 고집했음이 애초부터 이미 분명했다. 남자는 누구를 막론하고 하나하나 어떻게든 꼬드겨서 잠자리에 들게 하고, 지쳐빠지게 하고, 결국은 끝장을 내고야 말았다.

이제 세우타의 페리 선착장에 있는 바에서도 여자는 그것을 시종의 옆에 앉아있던 돈 후안에게 보여주었고, 이와 동시에 제 삼의 남자를 공공연히 끌어들였다. 여자가 그 술집 안을 한동안 주욱 둘러보는 것만으로도 충분했던지, 그 사내는 마치 명령에 복종이라도 하듯 그들의 탁자로 다가왔다. 그녀는 사내에게 무언가 귓속말로 속삭였고, 그러자 사내는 아무 대답도 없이 아주 이상한 식으로 차렷 자세를 취한 채, 아주 공손하게 혹은 짜장 노예처럼, 그다음 일어날 일을, 그녀의 다음 지시를 기다리는 것이었다. 여자는 홀에 있던 사람들에게 다 들릴 정도로 커다란 목소리로, 어떤 특징의 장소와 다소 대략적인 그날 저녁의 시각을 사내에게 불러주었다. 사실 이 사내는 배를 타고 유럽으로 넘어가기 위한 표까지 이미 갖고 있었으나, 그는 그 여행을 뒤로 미루고자 하거나, 아니면 (당장 그럴 것 같은 티가 났는데) 아예 여행을 포기하려는 것 같았다. 여자는 일어서서 나가려 했다. 아까 큰 소리로 말할 때 눈도 깜짝하지 않았던 것처럼 미소도 띠지 않은 채, 마치 듣고 있는 사람이 허공에 지나지 않는다는 태도였다. 그리고 작별을 하면서도 옆에 있던 지난밤의 연인에게는 눈길 한 번 주지 않았다. 다음번 연인이 될지 모르는 남자에게도 꼭 마찬가지였다. 그 대신 여자는 방 한구석에서 서로 꼭 껴안고 있는 한 쌍의 남녀에게 말을 걸었다. "거기 두 사람, 무슨 공범이라도 되는 양, 서로 그렇게 쳐다보는데 말이요, 간밤에

당신네들이 함께 있었다니, 참 얼토당토않구먼요. 만일 당
신네들이 지금 어리둥절하고 서먹서먹하게 각자 어리둥절하
게, 저 멀리 바라보고 있다면, 그게 차라리 제대로 된 일 아
니겠소."

지금까지와는 달리 이제야 그 여자는 돈 후안을 알아보았다.
그리고 그녀가 자기를 돈 후안이라고 알아보게 만든 것은 바
로 그 자신이었다. 어떻게 해서 그랬는지는 나에게 말해주지
않았다. 나 또한 오래전부터 그런 걸 알려고 하지도 않았다.
여자는 그를 알아보고는 소스라치게 놀랐다. 무슨 유령이라
도 보았기에 그로부터 흠칫 물러섰는가? 그래, 유령을 본 듯
물러섰다. 그녀를 심판하고 그녀에게 형을 집행할 사람에게
서 재빨리 달아나야 했다! 물론 여자는 이런 사람이든 저런
사람이든 남자가 필요했다. 하지만 여기 이 남자는 자신이
써먹을 수 없는 남자였다. 그의 눈앞에는 절대로 모습을 나
타내면 안 되었다. 단 한 순간이라도 그에게 지배력을 허용
할 수 없는 노릇이었다. 어느 누구도 자신의 계속되는 복수
를 가로막아서는 안 되었고, 이 남자도 그럴 수는 없었다. 그
리하여 왕년의 미스 세우타는 스스로 물러남으로써 줄행랑
을 치게 되었다. 결국 돈 후안으로부터 도망을 친 것은 그녀
였고, 또 돈 후안의 도망과는 달리 그 여자는 황급하게, 더

깊이 생각할 겨를도 없이, 앞뒤 가리지도 않고, 영화에서 자주 보듯이 주위 사람들과 마구 부딪히고 깡통을 사방팔방 넘어뜨리면서, 그렇게 요란을 떨며 달아났다.

그 한 주일간의 여행 중 세 번째 체류지에 이르러 돈 후안은 그의 새 시종이 마음에 들게 되었다. 두 사람이 페리 선의 벤치 위에 마주 보고 앉아있을 때였다. 시종은 죽은 사람처럼 창백한 얼굴로 앉아 있었고, 미친 듯 날뛰는 지브롤터 해협의 거센 파도에도 꼼짝 않고 있었다. 돈 후안은 이유를 설명해주지 않은 채, 그렇게 굴욕과 창피를 당한 사람들이야말로 자기의 사람들 혹은 추종자들이었노라고 (추종자래야 이 시종 하나뿐이었지만) 말했다. 이와 동시에 그는 거꾸로 그런 사람들에게, 또 그의 시종에게, 어떤 식으로든 복종해야 할 압박을 느끼기도 했다. 설령 그것이 그냥 그들 옆에 조용히 있어주고 견뎌주는 것뿐이라 할지라도. 그래서 이미 세우타에서 출항할 때부터 자신의 짐보다 무려 세 배도 더 되는 시종의 짐을 챙겨서 배 위로 끌고 가주었으며, 가장 좋은 좌석을 찾아주고 승선권을 보여주는 일까지도 대신 맡았다. 돈 후안은 그런 식으로 여행하는 내내 그의 시종을 위해 말동무가 되어주었고 그를 보살폈다. 동시에 그는 시종의 옆에 있어주면서도 언제나 그에게서 눈길을 돌려 저 멀리 사라져가는 북아프리카의 원경과 바위가 많은 세우타를 바라보았고, 점차 다가오는 유럽에는 등을 돌린 채로 서 있었다. 다음 순간 뜻밖에도 그 시종에게서 무언가가 섬광처럼 번쩍였고, 돈 후안은 자기도 모르게 이제 그쪽을 쳐다보게 되었다. 갑자기 시종의 눈에서, 너무도 느닷없고 조용하게끔, 눈물이 솟아올랐다. 그리고 이와 동시에, 마치 그에 수반되는 분노를 스스로에게 단련시키기 위해서인 것처럼, 그 밑의 턱을 이리저리 갈고 있었다. 그의 목덜미에 잡혔던 핏방울은 겨우 이제 막 딱지가 앉은 것처럼 보였다. 그러면서 혼잣말로 중얼거렸다. 포플러 솜털 씨앗은 성처럼 우뚝 솟은 오월의 자욱한 싸락눈과 수직으로 만나면서 떼 지어 포구 위를 들락날락 떠돌아다니고…… 눈발이 배 주위의 바닷물결 속으로 내리치며 날카롭고 자그마한 수천 개의 분수를 이루는구나……

돈 후안은 바다를 건너기 전 항구의 그 바에서 세우타의 그 여인과 (시종의 여자가 아니라 자신의 여자와) 어떻게 비밀스러운 작별을 고했는지도 덧붙여 이야기했다. 비밀리에. 이 말은 물론 비밀스럽게 뭘 한다든지 남의 눈을 피해서 한다는 뜻은 아니었다. 그 여자는 나이 지긋한 한 남자를 대동하고서 밖으로 나가 부두 위를 지나갔고, 그들은 말없이 그러나 공공연하게 서로 인사를 나누었는데, 그 공공연함이란 그녀

가 동반했던 그 남자는 더 말할 나위도 없지만 아무리 날카
로운 눈을 가진 사람이라도 눈치채지 못했을 터이다. 돈 후
안에게는 그런 식으로 군중 속에서, 이리저리 붐비는 가운
데, 거리를 두고서, 은밀히 작별하는 것이 적당했으며, 그가
보기에 남자와 여자 사이에는 이런 식으로 작별하는 게 다른
어떤 형식보다도 가장 성공할 수 있는 것이었다. 다른 모든
형태의 작별은 그에게 애초부터 실패할 것이 뻔한 것으로 보
였다. 그리고 마찬가지로 성공한다는 얘기는 그 둘의 육신이
그토록 은밀하게, 멀찌감치 떨어져서, 서로로부터, 온 몸을
던져 작별한다는 걸 의미했다. 그 두 개의 육신은 서로에 의
해 이미 기쁨을 누렸고, 순수하게 기쁨을 누렸고, 이제 다시
은밀한 작별을 통해서 다시 한번, 아마도 더욱더 순수하게,
기쁨을 맛보고 있었다. 적어도 그는 이젠 멀리 떨어진 그녀
의 몸에서 어떤 광채가 자신의 몸 위로 퍼지는 것을 느꼈고,
이와 동시에 이미 돌아선 그녀의 뒷모습을 바라보면서 그 여
자에게도 무언가 전혀 다른 어떤 일이 생기고 있다는 걸 다
시금 깨달았다. 그 여자는 영원한 작별을 원하지 않았다. 그
녀 역시 원하지 않았다. 그녀로부터 영원히 떠나가서는 아니
되었다. 영원히 떠날 수는 없었다. 노출된 어깻죽지에 그림
자가 아른거리고 있던 그녀의 뒷모습에다 대고 그는 으름장
을 놓았다. 돌아오지 않기만 해봐라, 후회할걸. 그는 요구했

다. 명령했다. 그런가 하면 멀어지고 있는 그녀의 뒷모습 또
한 애원했다. 고요하게, 간절하게, 그리고 이 광경에 넋을 잃
은 돈 후안은, 다음번 도착하게 될 땅과 다음번 만나게 될 여
인을 생각하며 더욱더 즐거워했고, 앞으로 만나게 될 육체에
대해 한층 더 강렬한 욕구를 느꼈다.

그뿐인가, 애까지 밴 세우타의 이 아리따운 여자 옆에 서 있
던 그 늙은 남자는 실상 그녀의 아버지였고, 그 전날 저녁 돈
후안은 그와 함께 여러 시간 동안 한자리에 앉아 저 멀리 바
다를 내다보았으며, 이런저런 대화를 나누는 가운데 적절한
순간에 서로의 입에서 이런저런 말을 얻어내곤 했었다. 마치
오랜 친구처럼. 또 그런 친근함은 그녀의 아버지 쪽에서 보
면 깨뜨릴 수 없는 신뢰였으며, 돈 후안으로서는 그의 뒷모
습에서 (뭐, 그게 아주 수척하고 허약했기 때문은 아니지만)
아무것도 겁낼 게 없었다.

그로부터 한 주일이 지나고 여기 뽀르-르와얄에서 나한테
얘기해주었을 때, 그 밖에 세우타의 기억으로부터 남은 것은
무엇보다도 돈 후안이 유일한 관객으로 〈오디세우스〉라는
영화를 관람했던 그 극장이었다. 이 영화에서 누군가가 잠들
어 있는 오디세우스를 고향 땅 이타카섬에 내려놓음으로써

그는 칠 년간의 방랑 끝에 귀국하게 되고, 잠에서 깨어났을 때는 자신이 언제나 오매불망 돌아가고 싶어 했던 바로 그곳에 와있다는 사실을 전혀 모르고 있었다. 그 극장은 세우타의 땅끝에 있는 바라든지 (세상의 고립영토치고 그런 땅끝의 바가 없는 곳이 있으랴) 아프리카 대륙의 가파른 낭떠러지 가장자리 높은 데서 운하를 내려다보는 호젓한 바이기도 했는데, 왕년의 미스터 유니버스였다고 하는 주인은 (시골 미인대회의 여왕보다야 훨씬 더 낫지 않은가) 카운터 뒤에 서서 당시 오월의 석양 아래 유일한 손님이었던 돈 후안에게 이젠 축 늘어진 피부 아래 근육을 계속해서 과시했다. 그가 우승한 뒤 포즈를 취하는 사진이 벽에 붙어있었는데, 그때 마침 그의 애인이 다시 곁을 떠난 직후라, 애처로운 미소를 머금은 표정이었다. 그것은 또한 '아프리카의 융프라우 광장'에 있는 유일한 조그만 키오스크로서 자정까지도 열려있었고, 이미 오래전부터 깜깜해진 이 영토에서 유일하게 전깃불이 들어오는 곳이기도 했다. 불빛은 키오스크 안으로부터 밖에 걸린 신문과 잡지 사이를 뚫고 그저 희미하게 비쳐 나왔는데, 깨어있는 판매원 앞에서 누군가 뚜껑 문 속으로 머리를 쏙 들이밀라치면, 불빛은 마치 스포트라이트처럼 환하게 키오스크의 네 벽을 비추었다. 아니, 네 벽이 아니라 벽 앞에 촘촘하게 진열해 놓은 책들을 환히 비추었다. 벽은 구석구석

책등으로 빼곡했으며, 전쟁의 위협이 끊이지 않는 가운데 지금 컴컴해지고 있는 이 시각에도 살 수 있는 그 모든 책으로 가득했다. 돈 후안은 일찍이 이런 책방을 본 적이 없었다. 그가 이런저런 책을 요구하면 (물론 그 책들은 다 거기 있었는데) 빼곡히 들어찬 책들 가운데 그걸 잡아당겨 힘차게 빼내야만 했다. 그리고 같은 페리를 타고 있던 머리칼이 다 빠진 암 환자는 이미 예전 코카서스 마을의 결혼식에 참석했던 이였다. 그리고 너른 발걸음으로 텅 빈 요새의 골목길을 성큼성큼 돌아다니던 마을의 백치는 이미 다마스커스에서도 마치 군주나 되는 것처럼 군중들을 향해 이쪽저쪽으로 눈길을 던졌었다. 그리고 돈 후안이 손아귀를 벗어나려고 뽀르-르-와얄의 나에게로 도망쳐 나왔던 그 일-드-프랑스의 오토바이 커플 역시, 오히려 그곳 북아프리카에서 이미 만나게 되었었다.

그 주일 안에 만났던 여인네들을 시시콜콜 헤아릴 생각은 전혀 없었다. 여자라는 것, 헤아린다는 것, 돈 후안에게 그런 건 그 당시나 그 이전이나 문제가 되지 않았었다. 여자와 보내는 시간이란 그에게 차라리 하나의 거대한 쉼표를 경험하는 것이었다. 그건 헤아리는 것이 아니라, 천천히 주의 깊게 판독하는 것이었다. 여자와 함께 하는 그의 시간은 더는 숫자가 존재하지 않는 시간이었다. 더는 헤아릴 것도 없었고, 숫자로 표현될 수 있는 그 어떤 것도 더는 없었다. 쉼표는, 중지한다는 것은, 또한 장소들과 그 장소들 사이의 간격 혹은 거리도 중요하지 않게 만들었고 그 어떤 척도도 끼어들 수 없게 만들었다. 그가 여정의 도중에 있다는 것은 동시에 언제나 도착함을 의미했다. 마치 도착이라는 상황에서 그는 다시 길을 떠날 생각을 했듯이 말이다. 그리고 그는 무언가를 헤아리는 시간 저편에 있는 여인들의 시간에 의해 보호를 받아, 여자의 시간이 효력을 갖는 동안은 어떤 일도 그에게 일어날 수 없었다. 지금처럼 도주하는 것조차도 그 거대한 중지의 한 부분이었다. 그것은 매번 새로이 시도하는 조용하고 정말로 태연한 도주였다. 눈을 크게 뜨고서 말이다. 여인네들의 시간이 거듭거듭 의미하는 바는 이런 것이었다. "남정네들은 시간이 있었다. 그들은 시간 안에 있었다. 시간의 속으로 들어갔다." 또 남자들은 시간이 맥박처럼 펄떡이며 발끝과 손가락까지 자신을 분발시키는 것을 감지했다. 남자들은 단순히 그런 종류의 시간에 의해 보호받고 있음을 알았을 뿐 아니라, 나아가 그 시간에 의해 실려 간다는 것, 따라서 헤아려지는 게 아니라 이야기되어진다는 것을 알았다. 그러한 시간이 계속되는 한 남자들은 자신이 고양高揚되고 이야기의 대상이 되는 것을 경험했다.

네 번째 날,
노르웨이

그다음 노르웨이의 여자에 관해서 돈 후안은 그녀가 어느 교회 뒤에서 미사가 끝난 다음 자기를 기다리고 있었다는 것 말고는 그다지 더 할 말이 없었다. 미사가 계속되는 중에 그들은 점점 서로에게 가까이 다가갔다는 것이었다. (돈 후안은 이랬다. "성스러운 미사 전례의 의식을 통해서 한 여자와 한 남자가, 영혼과 육체를 위해, 서로에게 눈을 뜬다는 것, 그보다 더 자연스러운 일은 없을 것이요. 다른 어떠한 축제를 통한 경우보다도 훨씬 더 자연스럽잖소?) 그 외에도 노르웨이의 그 여자는, 흔히 항간에 수용되는 기준으로 보자면, 병자랄까, 정신이상자랄까, 혹은 광인이었다. 단지 돈 후안은 그녀에게서 광적인 것은 보려 하지 않았고, 여자가 머리가 좀 이상하다는 것으로 스스로를 나타낼 때조차 그걸 믿으려 하지 않았다. 여하튼 믿질 않았던 것이다. 돈 후안은 그저 여자를 위해 거기 있어주고자 했을 뿐이며, 상황은 그렇게 해서 그렇게 되었던 게다. 하기야 그가 내 앞에서 그 모든 걸 펼쳐 보이지 않았다 하더라도, 나는 어쨌거나 그리 상상을 했었다.

그날 그 피요르드에서 돈 후안이 그 노르웨이 여자와 함께 있음으로 하여 남은 것은 이런 것들이었다. 야외의 나무 식탁, (마치 코카서스에서 그랬던 것처럼) 만년설 위의 검은 매연, 꺼지기는커녕 마치 영원할 것처럼 점점 더 환해지며 불 위에 어른거리던 저녁의 불빛, 전날 세우타에서 또 그 전날 다마스커스에서 봤던 달과 거의 꼭 같은 달, 막 녹아 없어진 빙하의 혓바닥으로 이루어진, 거울처럼 매끄러운 빨갛고 노란 색의 욕조, 거기 앉아있었다는 사실 자체, 눈을 뜨고 귀를 열고 있었다는 사실, 다음날 네덜란드의 모래 언덕에 이르기까지, 거기 봄날의 홍수가 도래하기까지, 페이지를 넘기며 읽고 또 읽었던 책들. 물고기 한 마리가 피요르드로부터 솟구쳐 올랐다. 옆을 지나가는 한 여인이 아주 기다란 끈이 달린 핸드백을 왼쪽 어깨에 걸치고 있었는데, 그 핸드백이 얼마나 작았는지! 그리고 그게 얼마나 텅텅 빈 것처럼 보였는지! 나이가 훨씬 더 많은 남자가 지나갔는데, 그는 턱까지 단추를 꼭 채운 푸른색

양복을 입은 중국인으로, 크고 둥그런 광장에서 마주 걸어오는 모든 사람에게 가까이 다가갔다. 돈 후안으로서는 잊을 수 없는 경의를 갖추고서 말이다. 한 아이가 저쪽 강가에서 폐기된 주크박스의 키를 계속해서 눌러댔다. 바로 그 아이인지 아니면 다른 아이인지, 어쨌든 한 아이가 끊임없이 접시를 핥고 있어서 녀석의 얼굴은 접시에 가려 보이지 않았다. 또 같은 아이인지 아니면 셋째 아이인지, 한 아이는 실종이 되어버리는 통에, 피요르드에 있던 사람들이 모두 녀석을 찾아나서, 애 어머니가 그들에게 일러준 이름을 소리쳐 불렀고, 결국 물에 빠진 생쥐처럼 흠뻑 젖었지만 아무 탈 없이 꼬마를 되찾을 수 있었다. (누가 아이를 찾았는지는 마침내 다시 나타난 돈 후안의 시종이 비로소 내게 알려주었다.) 물론 이곳에도 역시 모펫을 타고 피자를 배달하는 총각이 있었는데, 이 친구 세우타에서도 손님을 찾지 못해 헤매더니, 이곳 노르웨이에서도 마찬가지로 한순간 온갖 엉터리 방향으로 모펫을 몰아붙이다가, 다음 순간 어쩔 줄 몰라 브레이크를 밟아대곤 했다. 그리고 그 암 환자도, 아하, 어찌 되었건 머리칼이 한 웅큼 다시 자라나 있었고, 다마스커스 버스 종점 안의 기름 고인 웅덩이 사이에서 마치 기도하듯 책상다리를 하고 앉아 있던 그 자폐증 환자는, 아하, 이제 둑으로 난 길 위에서 배를 땅에다 대고 잠들어 있었으며, 옆에 서서 그를 돌보던 흑인은 다마스커스에서

와 마찬가지로 팔짱을 끼고 그 옆에 가만히 서 있었다. 그리고 돈 후안이 굳이 언급할 필요도 없이 나는 솜 덩어리 같은 포플러 씨앗 뭉치가 위로, 아래로, 혹은 가로 방향으로 북으로, 남으로, 은빛에서부터 쥐회색까지 변화무쌍하게, 땅 위에 온통 휘날리는 것을 다시금 볼 수 있었다. 듣고만 있어도 앞으로 돈 후안이 뿌르−르와얄에 이르기 전에 거치게 될 네덜란드의 체류지와 이름도 없는 마지막 체류지들을, 내가 이미 어림짐작할 수 있었던 거나 마찬가지로 말이다. 게다가 돈 후안의 시종은 노르웨이 여자와 시간을 보낸 다음 사라져버렸다. 물론 그러기 전에 주인님의 나머지 여행을 위해서 꼭 필요한 것들, 아니, 필요한 그 이상을, 모두 챙긴 다음에 말이다. 양말은 여느 아낙네들 못지않게 깔끔하게 채워 넣었고, 양복이며 조끼는 마찬가지로 깨끗이 다렸으며, 단추도 절대 떨어져서 도망가지 않도록 잘 꿰맸고, 구두는, 마치 '칠 마일 장화[20]'라도 되는 것처럼, 혀 부분과 접히는 자그마한 부분까지도 반들반들 닦고 폭신한 새 깔개까지 넣어두었다. 돈 후안은 다시금 도주의 길에 오르게 된 것인가? 그는 나에게 변죽만 울려주었다. 그는 그 여자에 대해서 살인자가 되지 않기 위해서, 요청에 의한 살인자가 되지 않기 위해서, 마침내 도망가야 했노라고.

---

20) 루트비히 베히슈타인(Ludwig Bechstein)의 동화 『꼬마 엄지손가락 톰(Der Kleine Däumling)』에서 유래된 표현으로, 이 장화를 신고 일곱 발자국만 걸으면 일 마일의 거리를 간다고 함.

다섯 번째 날,
네덜란드

돈 후안은 한 개인으로서의 네덜란드 여자에 관해서는 이야기해줄 만한 게 더더욱 적었다. 그의 이야기에 귀를 기울이는 내 귀에는 그것이 딱히 실망스러웠다든가 혹은 이제 신물이 난다는 걸 의미하는 것은 아니었다. 오히려 날이면 날마다 돈 후안은 두 눈을 반짝이며(그럴 때면 거의 언제나 두 눈은 내 곁을 스쳐 지나가 먼 허공을 응시했지만), 갈수록 입에서 침을 튀기며, 마침내 자기 이야기의 허다한 변화무쌍을 경이로워하면서 (무언가를 몸소 경험한 경우엔 아마도 경이로움을 가지게 되는 법이지), 이야기를 펼쳤다. 그렇게 하다 보면 그것은 자꾸만 하나의 꾸며낸 이야기처럼, 즉 가공으로 날조한 것처럼 들리기도 하지만, 그렇다고 해서 그게 거짓이라는 의미는 결코 아니다. 그리고 다른 경우라면 돈 후안이 듣는 사람에게 그저 '잃어버린 이미지' 정도만을 보여주었을 테지만, 오로지 이렇게 경이로운 순간만큼은 듣는 이가 한순간 번쩍이는 번갯불에 남김없이 노출되는 느낌을 갖게 되는 것이다.

주간의 평일마다 자꾸만 강해지는 그러한 경이로움의 일부는, 돈 후안의 모험이 이루어진 장소들이 점점 이름조차 없는 곳으로 변했다는 사실이기도 했다. (돈 후안의 여자들은 애초부터 아예 이름이 없었고, 그래, 그게 당연했지만 말이다) 노르웨이의 경우만 해도 그 피요르드는 베르겐(Bergen)이란 도시 근처였는데 (아니면 혹시 내가 이야기를 듣는 도중에 스스로 이름을 갖다 붙였던가?) 네덜란드에 이르러서는 아예 장소의 이름이 나오지도 않았다. 그곳의 여자에 관해서 돈 후안이 나한테 알 수 있도록 해준 것은 고작 이랬다. 그 여자가 도망자인 나를 만난 것은 어느 인공의 언덕 위인데 (기실 그건 오물을 가득 채워 꾹꾹 눌러 밟은 쓰레기 더미이지만, 어쨌거나) 그 여자 역시 도망자인 데다 웬 뚜쟁이 한 놈을 꽁무니에 달고 있어, 여자는 정확히 일주일 전 그날 처음으로 그 뚜쟁이를 위해서 몸을 팔아야 했지. 그렇지만 그 여자는 어떤 경우에도, 말하자면 '몸을 헤프게 굴리는 아가

씨'는 아니라구. (이야기가 무르익을수록 돈 후안은 점점 더 과거형에서 현재형으로 넘어갔으며, 다음번 마지막 체류지에 관해서 이야기할 땐, 나에게 단서가 되는 한 마디 이상은 거의 말하지도 않았다.) 네덜란드에서 만난 그 여자에 대해서 또 다른 자세한 내용은 기껏 이 정도였다. 그녀는 운하를 내려다보는 어느 창가에 나랑 앉아 있어. 포플러나무 씨앗은 흩날리고, 어쩌고저쩌고. 그리고 오월의 비는 이제 거울처럼 매끄럽고 이제 막 어두워진 물 위로 후두둑 떨어지는데, 그 여자는 갑자기 눈에 눈물이 글썽해서는 이렇게 말하는 거야, "이게 네덜란드예요."

나는 그렇지 않은 경우엔 돈 후안이 낮이고 밤이고 완전히 외롭게 혼자된 모습을 보았거나 상상했다. 오로지 임자 없는, 혹은 있을지도 모르는, 개 한 마리만이 한참 동안 그의 곁을 지키고 있다가 때때로 그의 앞으로 뛰쳐나가서는, 마치 그에게 길을 가르쳐주려는 듯 가만히 기다린다. 전찻길에서 먼지가 휘날린다. 어느 소나무 숲속에서 돈 후안은 아직도 그의 곁을 따라다니는 개의 발 안쪽 살에서 가시를 하나 빼주고, 산책로에 이르러 주머니칼을 꺼내 개의 발톱을 깎아준다. 개가 아스팔트 위를 달릴 때 그 발톱이 시끄러운 소리를 내지 못하게 하려는 것이다. 한번은 새로이 시작된 소나기가 하루 내내 계속되고 있을 때, 그는 자전거 도로 옆 식품 매점의 처마 밑에 앉아서 어제 아프리카에 있는 완전히 다른 매점에서 샀던 그 책을 읽는다. 손발이나 마찬가지로 그 책장에도 빗방울이 자꾸만 다시 흩뿌려지고, 그는 거기 어둑한 곳에 앉아서 책을 읽고 또 읽으며, 개는 그 옆 잔디 위에 앉아있거나 혹은 어디론가 가버리기도 한다. 개가 어디로 가든, 서 있든, 앉아 있든, 돈 후안은 놀라서 몸을 움찔하고, 머리를 그쪽으로 휙 돌리며, 어떤 아이가 부르거나 울부짖는 소리를 듣기만 하면 그 개는 벌떡 일어나 그리로 달려간다. 개는 이날 내내 어디선가 아이 우는 소리를 듣거나, 아니면 갈매기가 요란스레 운다든지 전차가 커브를 돌며 날카로운 소리를 낼 때마다 그걸 아이의 울음소리로 착각한다. 저녁이 되자 저 멀리 북해의 수평선 위에 아르고라는 선박이 나타난다. 배는 텅 비었고 선장 이야손[21]은 보이지 않으며 황금 양털도 없다. 메데아[22]는 자신의 두 아이를 죽이기 위해 해변에서 집으로 달려간다. 어둠이 깔리기 시작하자 네덜란드는 온통 네온사인과 양초의 나라처럼 보이고, 게다가 어딜 가나 음악 소리는 자꾸 커지고 있으며, 돈 후안은 그럴 때마다 음

---

21) 그리스 신화에 나오는 왕자 Iason은 황금 양털과 날개, 그리고 말하는 능력이 있다고 알려진 전설의 양을 찾기 위해 목수 아르구스로 하여금 배를 만들게 한다. 배는 그의 이름을 따 아르고호로 명명되고, 헤라클레스, 오르페우스 등 당시 그리스 영웅들을 모집, 탐험에 나선다.
22) Medea는 원래 이 양털을 지키던 왕의 딸로서 이야손과 사랑에 빠져 부왕을 배반하고 탈출한다.

악으로부터 멀리 달아난다. 이 음악에서부터, 저 음악에서부터, 모든 음악으로부터 멀어져간다. 그 대신에 그는 이미 오래전에 문을 닫은 꽃집의 냄새를 맡는다. 온갖 냄새가 나는데 오직 튤립 냄새만은 없다. 책 냄새, 자신의 손가락 끝 냄새, 여자와 함께 하는 시간의 냄새, 손가락 끝을 보는 시간의 냄새, 그리고 마침내 그 깊은 밤, 드디어 그 고요함, 바다 같은 고요함, 그리고 또한 이전의 모든 밤이 있은 다음 마침내 찾아오는 보름달. 이 외로운 여행자는 한편으로 그 달을 끊임없이 응시하면서, 또 다른 한편으로는 언제나 그렇듯 커튼도 치지 않은 집들을 쳐다보면서, 텔레비전에서 무슨 새 소식이 나오는가를 살피고, 등등……. 그날부터 돈 후안은 노래를 부를 수 있었다. 아니, 사실 그는 노래를 부르는 식으로 이야기를 풀어나갔다. 아니면 지금 그렇게 착각하고 있는 게 나 자신이련가. 그리고는 그 흥얼거림의 갑작스러운 중단. 새로운 도주가 시작된다.

여섯 번째 날,
이름 없는 어느 곳

마지막 나라, 마지막 여인의 이야기에 이르러서는 완전히 이름조차 없어졌다. 돈 후안이 그 나라 이름을 나에게 의도적으로 숨긴 게 아니라, 자신이 아예 그 이름을 처음부터 몰랐고 또 알기를 원하지도 않았다. 도대체 어떻게 거기 도착했는지조차 몰랐다. 그곳에 이르기까지의 여행에 대해서도 아무런 그림을 그려주지 못했다. 분명히 차를 타고 갔어야만 했을 터인데, 끔찍스러운 피곤으로 곯아떨어졌다가 눈을 떠 보니 거기 도착해 있더라는 것이었다. 그리고 여자도 거기 있었다는 것이다. 그의 위에, 그의 아래에, 그리고 그의 맞은 편에 말이다. 그들 둘이 어떻게 어떻게 해서 만나게 된 건지, 그 또한 알 수 없었고, 그에 대해선 알아야 할 것도 없었다.

주위 환경에 대해서 뭐라 할 말이 한마디도 없었으나, 그럼에도 불구하고 주변에는 혼란과는 완전히 정반대되는 정연함이 자리 잡고 있었다. 단순히 그 장소와 거기 있는 사물들이 너무나 낯설었다든지, 뭐라 이름 붙이기도 어렵게 보였기 때문만은 아니다. 그것은 경이로움의 절정을 의미했고, 그것은 딱히 꼬집어 마력이 있는 것도 아니면서 신비로웠다.

돈 후안이 그로부터 이레 후, 되레 말을 더듬고 두서없이 뒤죽박죽 중얼거리면서 이름도 없는 그 날에 관해 이야기했을 때, 자기 자신과 끝까지 이방인으로 남게 된 그 여자 사이에 무슨 일이 있었는지를 모르고 있었다. 그들 중 누가 말을 했는지, 둘 중 누가 어떤 행동을 했는지도 몰랐다. (그런데도 그들은 그 한 주일 가운데 예외로 거의 하루의 낮과 밤을 함께 지냈단다.) 내가 그 여자에게 큰 소리로 책을 읽어주었던가, 아니면 거꾸로 그녀가 내게 읽어주었던가? 돈 후안은 더는 기억하지 못했다. 생선을 먹었던 게 누구지, 그녀였나, 아니면 나였던가? 한 번은 추위로 그녀의 몸이 꽁꽁 얼었을 때 내가 그녀의 몸을 녹여줬던가, 아니면 도리어 그녀가 내 몸을 따뜻하게 해줬던가? 그녀와 나 중에 체스 게임에서 이긴 게 누구였더라? 수영을 하면서 다른 사람들을 추월했던 사람, 그게 당신이었나, 나였니? 다른 사람으로부터 몸을 숨긴 것, 그건 당신, 아니면 나? 끊임없이 재잘거리고 지껄였던 것 그녀, 아니면 돈 후안? 줄곧 이야기를 듣고 있던 사람은? 너, 아니면 나? 나, 아니면 너? 이제 우리가 더는 그걸 알 수 없었다는 사실. 그런대로 좋았다. 다행으로 여기고 만족하자.

그래도 몇 가지는 여전히 확실했다. 그 이름 없는 체류지에서도 아직 어린애 같은 피자 배달꾼이 어디서나 볼 수 있는 종류의 모펫을 타고 역시 헛되이 길을 찾고 있었다는 것. (그뿐이랴, 이제 모펫의 기름까지 다 떨어졌다.) 자폐증 환자와 그의 동반자가, 한 사람은 하늘을 향해 소리를 질러대고, 다른 한 사람은 그의 팔을 잡은 채, 그들의 행렬을 계속했다는 것, 오토바이를 탄 커플이 사랑의 보금자리인 구덩이를 향해 떠났다는 것. (다만 이 경우 여인은 금발이 아니라 아직도 까만 머리칼이었다.) 다마스커스의 노인과 베르겐의 노인이, 보도 위에다 오른쪽 발이든 왼쪽 발이든 어느 발도 올려놓을 힘이 없어서, 다시 가쁜 숨을 몰아쉬며 배수로 옆에 머물러 있었다는 것, 등등…… 그런 것들에 대해서 돈 후안은 더 이상 딱히 힌트를 줄 필요도 없었다. 이에 대해서는 돈 후안이 여기저기 빼고 듬성듬성 이야기해줌으로써, 나는 시간이 지나면서 한층 더 뚜렷하게 이해할 수 있었다.

이제
때가 왔다

돈 후안과 그의 여인들. 돈 후안 자신이 들려주는 이 이야기들은 그리하여 끝이 났다. 그와 나는 나의 정원에서 그렇게 이레를 보냈고, 그러는 가운데 성령강림제의 날이 다가왔다. 그의 도착에 앞서 날아 들어왔던 개암나무 가지는, 그 한 주일 사이에 곡식만큼이나 높게 자라 오른 잔디에 덮인 채, 여전히 땅에 꽂혀 있었다. 어쩌다 비가 내려도, 처음엔 밤나무 아래, 다음엔 보리수 아래, 그런 식으로 우리는 집 안으로 들어가지 않았다. 그 나무의 잎들은 너무나 무성해서 빗방울이 하나도 뚫고 들어오지 못했으며, 우리 머리 위로 거의 구멍이라곤 없는 이파리 지붕이 되어주었다. 하늘은 그저 작은 점이 되어, 짙은 녹색의 보리수 잎이 만든 창공에 떠서, 여기저기 아래쪽으로 반짝이는 대낮의 별들 같았다. 그의 이야기가 막바지에 이르렀을 즈음, 돈 후안은 점점 더 자주 의자에서 일어나 가만히 선 채로 말을 이었다. 그러면서 뒷걸음을 치기도 했다. 햇살이 빛나고 나무 사이로 오월의 부드러운 바람이 불어올 때면, 거의 하얀 빛과 어두운 그늘이 아른거리며 서로 교차하는 모습이 얼마나 강렬했던지, 돈 후안은 순간순간 그 속으로 사라지곤 했다.

일주일간의 이야기가 끝난 후에도 그는 뽀르-르와얄-인-덴-펠더언에 있는 나의 여관에 머물렀다. 그의 시종을 기다리고 있었던 건지 혹은 다른 무슨 이유에서였는지, 나는 묻지 않았다. 돈 후안이 곧장 떠나지 않았다는 사실은 내게도 좋았다. 그가 곁에 있다는 것이 사실 내 맘에 들게 되었다. 내가 살아있는 동안 머릿속을 떠나지 않았으며, 마침내 뽀르-르와얄이라는 이 외딴 황무지에서 실패하고 말았다고 믿었던 이웃에 대한 이상이, 이처럼 가까이 바로 내 곁에 있는 이방인, 이 도망자와 더불어 다시금 새롭게 살아났다. 나는 돈 후안이 나의 이웃이라고 상상할 수 있었다. 설사 그게 내 여관 담장의 바로 뒤가 아니더라도, 몇 마일의 거리를 두고, 예를 들어 저 멀리 셍-랑베르의 산 중턱쯤이라 해도 말이다. 어찌 되었건 나는 그가 머물러준 덕택에, 나 자신을 기꺼이 실패자로 보는 짓을 하지 않게 되었다. 무엇보다 내가 그를 위해 요리하는 음식을 그가 어떻게 먹는지를 보았는데, 문자 그대로 옛날 옛적부터 나는 그처럼 경건한 마음으로 음식을 먹는 사람을 본 적이 없었다. 그가 음식을 씹는 모습에는 나중에 말로써 나타낼 것들을 미리 앞서 표현하는 것 같은 무언가가 있었다. 나는 단순히 이해관계뿐만 아니라 나의 여관 장사, 즉, 손님들을 새로이 모시는 일까지도 다시 한번 생각할 수 있게 되었다. 아주 어렸을 때부터 손님 접대는 내가 가장 좋아했던 놀이였다.

우리들의 이레 동안 돈 후안은 오로지 나에게서 일방적으로 대접받는 것을 중단했다. 그는 행동으로 나를 도왔다. 예전부터 나는 그런 걸 잘 견디지 못하는 편이었지만 (더군다나 콧구멍만한 부엌 안이었으니 오죽하겠는가) 그와 함께 일하면 그 제한된 공간이 도리어 나에게 일종의 즐거움마저 제공했다. 그가 일하는 것을 바라보기만 해도 이미 하나의 즐거움이었고, 그 즐거움에는 내 쪽의 질투심이 섞여 있었다. 진짜 현기증이 날 정도로 돈 후안의 손놀림이 날렵하다는 사실 때문만은 아니었다. 그는 매번 두 손이나 두 팔로 완전히 반대되는 동작을 하며 일을 해냈기 때문인데, 그거야말로 이런 직업을 가진 나조차도 (비단 직업만은 아니지만) 번번이 거의 절망 상태로 몰아넣고 했던 것이었다. 예컨대 오른손으로 무언가를 잡아당기고 동시에 왼손으로 무언가를 밀어내는 것 같은 단순하기 그지없는 패턴의 경우조차 나는 영락없이 뒤죽박죽 엉망이 되곤 했는데, 돈 후안의 경우는 그 반대로 예컨대 한 손으로 양파를 썰면서, 동시에 바로 옆에서, 그러니까, 다른 손으로 밀가루 반죽을 죽 펴내는 데 아무런 문제도 없었던 것이다. 이와 비슷한 예는 얼마든지 볼 수 있었다. 한 손으로 돌리면서 다른 손으로는 두드린다든지, 푹 찔러 넣으면서 둥글게 하고, 구멍을 파면서 안을 채워 넣고, 내던지면서 붙잡고, 따라내면서 부어 넣기도 하고, 마치 이 모든 게 밀접하게 연결된 하나의 동작인 것처럼 능청스럽게도 해냈다. 오른손으로 무언가를 거칠게 다루면서 동시에 왼손으로는 매끈하게 다독거렸다. 무언가를 확 잡아 뜨으면서 동시에 두들겼다. 한쪽 팔을 들어 올림과 동시에 다른 팔로 으깨었다. 톱질을 하면서 동시에 나사못을 죄기도 했다. 한 손으로 끌어당기면서 다른 손으로는 톡톡 두드렸다. 무언가를 뒤집으면서 동시에 못을 박기도 했다. 돈 후안은 이처럼 일목요연하게, 천천히, 그리고 어느 모로 봐도 여유작작하게, 오른손과 왼손을 동시에 제각각 움직였는데, 그럴 때마다 마치 어떤 일이나 어떤 사람에 대해 그윽이 생각에 잠겨 있는 것처럼 보였다. 나는 그가 그렇게 일하는 것을 내 눈으로 보았다.

정원에서 보낸 그 이레도 다 지나고, 그와 함께 깊었던 인상도 차츰 엷어져갔다. 돈 후안은 갈수록 서투르게 변해가는 것처럼 보였다. 뭘 잡았다가도 떨어뜨리는가 하면, '왼손만 둘을 가진' 것처럼 어색해졌다. 게다가 끊임없이 시계를 쳐다보았고, 자질구레한 일에도 날짜를 갖다 붙이는 것이었다. 저녁이면 돈 후안은 빠스깔이 뽀르-르와얄 지방의 관구장에게 보낸 서간집을 큰 소리로 읽었으며, 그것이 우리 둘에게는 몰리에르의 희곡에서나 느낄 수 있는 즐거움을 주었었지만, 이제 그 책은 펼쳐지지도 않은 채 버려져 있었다. 그리고 나는 돈 후안이 숫자를 헤아리려는 병적인 집착에 어떻게 빠져드는지를 목격하기도 했다. 자신의 발걸음, 셔츠에 달린 단추 따위를 처음엔 입술만 움직이며 헤다가 나중엔 큰 소리로 헤아렸고, 로동 계곡을 지나가는 자동차 숫자도 세었으며, 또 제비 떼가 곡선을 그리며 정원 위 하늘을 지나가는 것도 헤아렸다. 심지어는 구름처럼 떠다니는 포플러나무의 솜뭉치조차 헤아리려 들었다. 그건 물론 단순히 따분해서 그러는 것은 아니었다. 어떤 사건이라든지 눈에 탁 띄는 순간들이 너무 적었던 것은 아니고, 오히려 그런 건 너무, 지나치게 너무, 많았다. 하나하나의 순간, 하나하나의 사물이 두드러졌으며, 시간은 두 번째나 세 번째 사물, 혹은 두 번째나 세 번째 인간의 속으로 떨어져버렸다. 시간관념을 형성하는 맥락 혹은 관계는 없어졌고, 그 대신 오로지 하나하나의 세부 사항, 아니, 개별화 혹은 고립화만이 남았다. 나의 눈에는 그의 동작이 굼뜬 게 아니라 어딘가 어색하고 둔중하며, 심지어 서투르게 보였다. 혹은 같은 식으로 서투르게 허둥대었다. 돈 후안은 나름대로 시간 부족 상태에 이른 것이었다. 그리하여 그는 틈만 나면 나에게 지금 몇 시냐고 물어댔다.

그가 떠나도록 내버려두었다 한들, 아무것도 바뀌지 않았을 터이다. 나 또한 그가 그렇게 빨리 떠나도록 놓아주고 싶지 않았다. 게다가 돈 후안 자신도 뽀르-르와얄을 떠나려 하지 않았다. 그래서 성령강림제 전날 나는 돈 후안을 데리고 생-랑베르 마을의 공동묘지로 갔다. 이른 아침부터 저녁 늦게까지 정원뿐이었다. 어쩌면 그것 역시 돈 후안의 시간에 대한 병을 덧나게 도왔는지 모르겠다. 하지만 겉으로 보기엔 그처럼 자유로워 보이는 대자연 속의 활보조차도 전혀 상황을 개선하지 못했다. 담장으로 둘러싸인 정원을 포함해서 나의 집이 예전에 그러했듯이, 돈 후안에게는 그 자연의 풍경조차 여전히 움직이는 내면의 공간에 불과했다. 그를 보고 있노라면, 마치 두터운 유리 종 아래에서 이리저리 서성이는 포로를 보는 것 같았다. 발걸음을 내디딜 때마다 나무에 부딪히는가 하면, 길가의 둑에 걸려 넘어져 로동 개울가의 늪지대

로 빠지기도 했고, 하늘 높이 날아가는 야생비둘기를 각다귀
로 착각한 나머지 그걸 후려치겠다고 따라다녔다. 돈 후안이
빠져버린 그 시간의 딜레마는 또한 거리라든가 둘 사이의 공
간을 상실했음을 의미했다. 마침내 우리의 눈앞에 신기하게
도 광활한 일-드-프랑스의 고원이 턱하니 나타났을 때 내
가 "와, 멋진 하늘이군!"이라고 외치자, 돈 후안은 이렇게 되
물었다. "웬 멋진 하늘?" 또 우리가 산을 오르던 중에 그가
한쪽 신발의 신발창을 잃어버렸을 때, 내가 그게 행운을 가
져다줄 거라고 말하자, 그의 대답은 이랬다. "딴 건 다 좋은
데, 제발 덕분에 행운만큼은 아니길!" 그건 전날 그가 내 정
원에서 "사랑이 아니라, 담대함이여!"라고 거듭 외치던 것과
는 사뭇 다른 소리였다. 그는 한 주일 내내 눈으로 나에게 먼
곳을 가리키며 혼자서 날 앞서서 다녔으면서도, 이젠 머리를
푹 숙이고는 마치 짧고 굽은 기형의 발을 가진 사람마냥 절
름거리며 내 뒤를 따랐다. 그리고 무엇보다도 동물이란 동물
은 모두 그의 적이 되어버렸다. 지난 한 주 일이 흘러가는 동
안은 셍-랑베르의 고양이가 돈 후안의 주위를 한참 동안 맴
돌았고, 나중에는 그의 동반자가 되기까지 했었는데, 지금의
돈 후안은 심지어 오월의 나비라든지 갓 태어난 잠자리 새끼
한테서까지도 되레 공격을 당하는 느낌이었다. 봄이 되어 땅
으로 나온 자그마한 풍뎅이들도 유난스럽게 그를 향해 튀어

오르곤 했으며, 악의라고는 전혀 없어 보이는 거미들까지 그의 얼굴에다 독이 든 거미줄을 집어 던졌다. 이제 막 보이기 시작한 초여름 귀뚜라미 소리가 그에게는 마치 시계태엽을 감을 때 나는 기분 나쁜 소리로 들렸고, 처음 보이기 시작한 메뚜기들이 풀밭 사이로 뛰어다니는 소리는 한층 더 기분 나쁘게도 시곗바늘이 째깍째깍 돌아가는 소리처럼 들렸다. 그뿐이 아니었다. 우리는 거의 아무것도 만나지 않았건만, 내 등 뒤의 돈 후안은 끊임없이 울화를 터뜨리며, 뭔가를 세고 있었다. 동물들을 세고, 액운을 헤아리고, 혼동을 헤아렸다.

물론 나는 이제 생–랑베르를 향해 가는 길이었다. 돈 후안의 이야기와 더불어 보낸 이레가 지난 그 상황에서, 모든 것이 너무나도 달라져 있었다. 내가 오매불망 바랐던 것처럼, 드디어 외국 사람들이 마을로 이사를 온 것이다. 예전에는 영원히 폐쇄된 것처럼 보였던 단 하나의 가게가 적어도 문을 열었다. 마치 첫날인 것처럼, 성대하게 문을 열었다. 가게 문에는 터번을 두른 한 인도 사람이 서 있었고, 뿌르–르와얄 지역의 도보여행용 지도를 든 젊은 중국인 커플이 모퉁이를 끼고 돌았다. 어쨌거나 돈 후안과 함께 보낸 한 주일 후에, 이 모든 먼 이웃들이 (그래, 이웃이지 않은가!) 나에게는 한층 젊어진 것으로 보였다. 노인네들, 돈밖에 모르던 사람들,

그리고 돈 쓰는 데 인색하던 나이 많은 도보여행자들의 무리 따위는 이 지역에서 자취를 감추었다. 나는 장사가 잘 풀릴 것 같은 냄새를 맡을 수 있었다. 그런가 하면 다른 한편으로 몇몇 토박이 주민들도 무언가가 좀 변했음을 느낄 수 있었다. 여기저기서 사람들이 통상 다니곤 했던 주택가나 고속도로의 주변을 훨씬 벗어나, 강변의 수풀 속에서 설익은 야생 버찌를 따는 모습이 눈에 띈 것이다. 몇 년 만에 처음으로 보는 광경이었다. 예전에는 내가 그런 걸 따는 사람들을 어쩌다 만나게 되면 그들은 자기들이 하는 짓을 계면쩍어했었다. 그랬거나 아니면 아예 마을 사람이 아닌 경우도 있었다. 하지만 이젠 외지인이든 토박이들이든 모두가, 비록 자부심을 가진 건 아니더라도, 아주 자연스럽게 야생 과일들을 수집했고, 나는 새로이 마을로 이방인들도 다른 지역의 노인네들과 마찬가지로 머지않아 나의 단골손님이 되리라는 상상을 해보았다.

이에 반해, 돈 후안에게는 몇 안 되는 그 사람마저도 지나치게 많은 것 같았다. 그들은 그에게 남겨진 약간의 자리마저 빼앗아갔고, 그 공간의 밖으로 그를 밀어내려고 위협하는 것이었다. 끝없이 광대한 일-드-프랑스 지역의 많지도 않은 사람들이 마치 어마어마한 적군 부대라도 되는 것처럼, 돈 후안은 그들의 숫자를 헤아렸다. 한편으로 그는 이상하리만치 공손하게 굴었다. 그 전 한 주일 동안은 상대가 누구든 먼저 인사받기만을 고대했던 그가, 이제는 다른 사람들에게 솔선해서 먼저 인사를 건넸는데, 다만 요령도 없이 너무나 멀리 떨어진 데서부터 인사를 하는 통에 사람들은 그걸 아예 깨닫지도 못하거나, 혹은 깨달았다 해도 그게 인사라고는 받아들이지 않았다. 그런가 하면 다른 한편으로 돈 후안은 거의 예의도 없는 사람처럼 굴기도 했다. 그는 손을 맞잡고 걸어가던 아시아인 커플을 거칠게 떼미는 데서 그치지 않았다. 머리통을 푹 숙이고는 그 둘 사이를 뚫고 지나면서 두 사람이 떨어지도록 확 부딪쳤는데, 단순히 서툴러서 그런 것이 아니었다. 왜냐하면, 그와 동시에 돈 후안은, 언제부터 중국에서조차 연인이랍시고 드러내놓고 손을 잡고 다녔을까, 뻔뻔스럽군, 어쩌고 하며, 저주의 말을 퍼부었으니까 말이다. 시간에 관한 돈 후안의 문제점, 느닷없이 터져 나오는 그의 '어쭙잖음' 같은 것은, 음악에 대한 (나에게는 생소하기 그지없는) 그의 욕구에 있어서조차 너무나 뚜렷하게 보였다. 우리가 함께 있었던 동안은 다른 무엇보다도 바로 이 음악을 멀리해왔던 그가, 이제는 멜로디며 리듬이며 톤 등에 완전히 중독되어버렸다. 우리가 벌써 공동묘지에 도착했을 때, 그는 혹시 내가 '워크맨'을 가져오지 않았느냐고 너무나도 진지하게 물었다.

거기서도 그는 역시 헤아림과 욕설 사이를 오락가락하는 장광설을 계속했다. 묘지란 묘지는 빠짐없이 다 헤아렸고 묘지기를 헐뜯기도 했다. 프랑스에서는 흔히 있는 일이지만 공동묘지 한가운데 묘지기의 거처가 있었는데, 그 집 밖에다 '심지어는 빨간 격자무늬로 된' 식탁보에다 침대 시트까지 널어놓았다는 것이었다. 만일 돈 후안이 그렇게 거품을 물면서 분노로 몸까지 떨지 않았더라면, 아주 우스꽝스러운 일이 될 뻔했다. 그는 정말 분노로 몸을 떨었다. 그 어떤 리듬에도 맞지 않게 몸을 부르르 떨었다. 그런 분노의 떨림은 셍-랑베르의 묘지 사이 저 뒤에 있는 텅 빈 숲속 길을 바라볼 때에야 비로소 중단되었다. 이 묘지는 한때 이단으로 몰려서 수도원으로부터 추방당했던 뽀르-르와얄의 수녀들을 기려 만든 것인데, 그 수녀들이 하늘의 은총이란 기독교도라고 해서 당연히 받을 수도 없고, 아무나 쉬엄쉬엄해서 얻을 수는 없는 것으로 간주했기 때문이었다. 아주 어렸을 때 이 수녀들이 가르치는 학교에 다녔던 장 라신은 이 여인네들을 추모하는 뜻에서 뽀르-르와얄 지역을 '사막'이라고 불렀고, 그 후에도 이지역은 단순히 '황무지'라는 이름 말고도 다른 이름으로 불리었다. 그 당시 돈 후안은 수녀들의 유골을 묻어둔 것으로 알려진 이 무덤 혹은 구덩이를 가리켜, '숭고하다'고 표현했다. 대개의 경우 이 말은 (그 무덤처럼 푹 꺼진 게 아니라) 높이 들어 올려진 것, 위로 솟은 것을 나타내지만 말이다.

돈 후안이 몸을 부르르 떠는 걸 중단하는 또 하나의 순간은, 우리가 공동묘지 뒤의 팔걸이도 없는 벤치에 앉을 때였다. 예전에는 어린이 놀이터였던 그곳, 계단이 있는 인공적으로 만든 언덕, 이제 나무 계단은 거의 없어졌고 씻겨 내려간 점토질의 흙만이 남았으며 그러는 사이 숲으로 뒤덮여 자그맣게 그저 원추 모양으로 변해버린 피라미드였다. 우리 발밑에는 웅덩이가 파진 모래 터가 있었는데, 예전에는 여기서 참새들이 목욕을 하곤 했다. 그 하나하나의 웅덩이는 이미 오래전부터 해마다 다른 새들이 똑같은 데서 목욕을 함으로써 생긴 것으로, 그렇게 새가 목욕했던 모래 위의 흔적은, 예를 들면 큰곰자리같이, 일종의 별자리 모양을 하고 있었다. 큰곰과 참새라, 잘 어울리는 한 쌍이었다. 돈 후안은 웅덩이 숫자를 헤아렸다. 이제는 병적인 강박관념도 없었다. 게다가 나에겐 이미 익숙해진 한숨까지 내쉬며. 누가 그랬던가, 애도는 어깨를 짓누르는 그 무엇임에 틀림없다고? 이어서 나에게 하늘을 이야기한 것은 다름 아닌 돈 후안이었다. 그는 마침내 머리를 치켜들더니 이렇게 외쳤다. "자, 이것이야말로 하늘이다!" 그런 다음 어린아이 둘이 다시 그곳으로 놀러 왔다. 녀석들은 사랑에 흠뻑 도취해 있는 애인들 흉내를 내며 헐떡이고 신음을 하더니, 나중에는 둘 다 혀를 쑥 내미는 것이었다.

그 후 뽀르—르와얄의 여인숙 앞에 돈 후안의 시종이 모는 차가 와 있었다. 돈 후안의 이야기를 들은 후에 나 혼자 생각했던 것처럼, 그것은 바로 낡은 러시아제 자동차였다. 시종은 내가 러시아 자동차에 관해 상상해왔던 것, 내가 보통 예전에 소문으로만 듣고 알았던 모든 것에 대해서 직접 항변을 토했다. 나는 나도 모르는 새 그의 얼굴에서 할퀸 자국이나 물린 흔적 같은 걸 찾고 있었다. 하지만 그의 얼굴은 완전히 다 나아 멀쩡했다. 다만 콧수염이 한 군데 타버린 것 같았고, 내가 처음 봤을 때 전혀 하인에게는 어울리지 않는다고 생각했던 옷깃의 주름 장식은 알고 보니 사람들이 소위 편타증 鞭打症[23]을 앓을 때 목에다 둘러주는 보조용품인 것으로 드러났다. 그리고 우리가 도착했을 때 그 시종은 차 안에 꼿꼿이 앉아서 앞을 뚫어져라 쳐다보고 있었다. 우리가 그의 앞에 서건 옆에 서건, 그는 돈 후안과 나의 존재를 깨닫지도 못

---

23) 편타증 혹은 편타성 손상(Schleudertrauma)은 충격 등으로 머리가 앞뒤로 심하게 흔들려 목등뼈 및 주변에 손상을 입는 증상을 말한다.

하는 것 같았다. 그는 이미 한참이나 그러고 있는 것처럼, 꼭 몽유병자마냥 목소리의 높낮이도 없이 무슨 독백을 한창 지껄이고 있었는데, 그 중에서 대충 아래와 같은 말은 알아들을 수 있었다.

"……여인과 죽음. 내가 그대에게 다가갈 때마다 나는 죽음을 준비했었지. 그대는 마치 나를 죽이려는 듯 실제로 나를 덮쳤지만, 그런 다음엔 내 두 팔에 안겼지. 어쨌거나 당분간은 말이야. 그런 다음에야 비로소 질식의 위험이 닥쳤고. 그대의 뺨이 창에 남긴 자국, 나는 그것을 오늘까지도 닦아 없애지 않았다. 그대는 이미 나의 문에다 검은 그림자를 드리웠고, 그것은 나의 집안 전체를 어둡게 만들었어. 아아, 그대의 어두움을 내가 얼마나 기꺼워했던가! 그대가 거기 나타나자마자, 난 내 방에서조차 어찌할 바를 몰랐지. 물론 그대가 곧장 내 방을 몽땅 다 비워버리고 다른 것들을 채우고 또 다시 채우고 했다는 이유 때문만은 아니었어. 그땐 아라비아와 칠레의 허허벌판이 아니고서야, 우리가 어찌 남자와 여자일 수 있었겠는가. 아, 그때 듬성듬성하고 잿빛이 여기저기 섞인 그대의 머리칼이 얼마나 나를 감동시켰던가! 그대의 냄새를 들이마시면 나는 노래를 부를 수밖에 없었고, 내가 노래를 한다는 건 무언가 심오한 의미가 있는 거지. 그리고 그대가 일단 자리에 누우면, 그대는 그냥 그렇게 누워있었는데, 아, 여인네가 아니고서야 어찌 그렇게 누워, 누워, 누워있을 수 있을 것인가. 그리고 나와 그대 사이엔 그대의 아이가 누워서, 밤새도록 그 축축한 기저귀를 내 얼굴에다 눌러 댔었지. 여인이여, 남자가 없는 여인이여, 그대는 그럴 때, 오로지 여자만이 그럴 수 있겠지만, 얼마나 당당하게 독립적이었던가! "이리 와요!" 그대는 내게 말했지만, 속으로는 "죽어!"라고 생각했었지. 왜 나는 그대를 그냥 지나쳐 가도록 내버려두지 않았단 말인가, 그게 어쨌든 그대가 가장 좋아하는 것인데도? 그냥 지나칠 때의 그대가 가장 매력적인데도? 그대 다시 황무지로 돌아가라! 그곳에서 그대는 다만 끊임없이 조급해하면서 살고 있고, 아침부터 저녁까지 대도시와 교외로 싸다니는 그대의 두 배나 황급한 걸음걸이가 아름답다고 믿지 않는가? 이전의 그대는 자그마한 징표와 암시의 엄청난 대가大家였는데 (그 작은 징표 이외의 다른 무엇이 내게 필요할 것인가) 이제 그대는 작디작은 징표를 위한 시간조차 없구나. 방풍 유리 뒤나, 신발 터는 매트 아래나, 양복주머니 안에도, 이제 메시지란 더는 없고, 내가 그대를 떠나 길거리에 나서서야 비로소 발밑에 느껴지던 신발 속의 그런 쪽지도 이젠 없고, 수수께끼 같으면 같을수록 더 오래오래 머릿속에 남던 그런 암시조차 이젠 없어졌다. 난 그대에게 말했지, "그대를 너무나도 갈망해!" 그러면 그대는 "누가요?" 그러면 나는 "내가 말이요." 사막에 있을 때의 그대는 얼마나 빈손으로 자유로웠는지! 하지만 요즈음은 그대가 가는 곳과 머무는 곳마다 얼마나 무거운 짐을 진 것인지! 아프리카에서의 그대나 베두인족 여인으로서의 그대와는 너무도 달리, 얼마나 허리가 부서지도록 짐을 진 것인지! 아아, 그 대가로 받은 거라곤 너무도 초라해빠진 제안뿐이니! 아아, 그럼에도 불구하고 스쳐 지나가는 그대들의 엉덩이가 나에게 주는 희망이라니! 삶의 기쁨이라니! 도대체 무엇 때문에 나는 매일같이 그대들을 향해 떨쳐나가곤 했던가? 그대들의 비밀 안에 숨어 남자로서의 내 비속함으로부터 벗어나기 위함이었지. 그런데 지금은? 그때보다 한층 더 불투명한 비속함에 갇혀 있잖은가. 악마 같은 여인네들이여, 난 그대 안의 어린아이를 쓰다듬어주거나, 흔들어주거나, 털어내고, 두드려주어서 밖으로 끄집어내리라. 우리 옆의 피를 빠는 거머리는 우리가 사랑을 나누는 동안 피둥피둥 살이 쪄갔다. 그대는 한편으로 내 앞서 사귀던 사내의 두 다리 사이를 잡고 있으면서도, 어깨너머로 내게 첫 번째 눈길을 던지지 않았던가? 여인이여, 그대는 나의 죽음을 애도할 수 있기 위해서라도, 내가 죽기를 원할 것이다. 내 목이 삔 적이 있지만, 그건 사고가 아니었고, 내 머리통은 아주 무거운 돌멩이의 무게가 되어 저절로 목덜미에서 떨어진 게다. 나는 그대를 지켜보노라. 그대가 모습을 드러내지 않을 때라도, 그대를 지켜보는 데는 변함이 없을 터. 놀라운 불가피성인 그대여. 내일은 성신강림축일!" (여기서 시종은 갑자기 몸을 돌려 주인님인 돈 후안을 향했고 말투까지도 바꾸었다.) "이보시오, 주인 양반, 이제 날 그만 좀 중단시키시오. 누군가 날 중단시켜줘야만, 나는 뚜렷이 의사 표명을 할 수 있거든. 헌데 주인님, 당신은 내가 좀 더 빙빙 돌며 헤매도록 만들려고, 일부러 침묵을 지키는 것이구려." 그런 다음 그는 차에서 내려와 이렇게 말했다. "아, 난 말이요, 두서없이 지껄이고 에둘러 말해야만 무언가를 표현할 수 있거든요. 아, 내가 시인이라면 얼마나 좋을까. 아, 그리고 굉장하지 않소? 내가 여기 존재하고 있다는 사실, 그리고 같은 순간 수백 가지 서로 다른 것들을 머릿속에 갖고 있다는 사실 말이요? 아, 그녀가 스스로 옷을 벗을 때야 비로소, 그녀가 아무것도 입고 있지 않았었음을 깨닫게 되었다니! 비록 그녀가 내 앞에서 옷을 벗었지만, 그녀의 몸에서 그 어떤 의상도 떨어지는 걸 볼 수 없었다니! 그렇게 함으로써 그 여자는 훨씬 더 발가벗긴 상황이 되도록 만들었다니! 누구 이해할 수 있는 자가 있다면, 이해해보시오."

그런 다음 우리 셋이서 저녁상에 앉았을 때, 나의 여관은 부지불식간에 여자들로 에워싸여 있었다. 그로부터 한 주일이 지나고 그 환했던 오월의 저녁을 돌이켜 생각할 때면, 현실에서는 전혀 일어나지 않았던 전쟁의 함성이 귓가를 울린다. 또 그와 마찬가지로 그 여섯 혹은 일곱 명의 여인네들이 나에게는 모두 흰 옷을 입은 것으로 보인다. 눈 깜작할 사이에 (그 여자들이 어떻게 나타났는지를 표현하자면, 고색창연하게 '나는 듯이 달려왔다'고 하는 편이 훨씬 더 잘 어울렸는데) 그들은 담장 앞에 와 있었는데, 그것도 각기 다른 방향에서 왔다. 개중 한 여자는 낙하산에서 막 뛰어내린 듯했고, 다른 여자는 말을 타고 들어온 것 같았으며, 셋째는 방금 코끼리 등에서 내린 듯 했고…… 등등. 정원 담장에 난 틈새로 내가 가장 먼저 그들 앞에 모습을 드러내자, 여자들은 어두운 눈초리로 나를 응시했으며, 그걸 보자 나는 언젠가 뽀르-르와얄 담장 옆에 서서 담 위로 지나가는 숲처럼 빼곡한 창끝의 행렬을 떠올렸다. 그 창들은 (나중에 현관에서 깨달은 일이지만) 물론 투창 연습을 하려고 초원으로 나가던 젊은 운동선수들의 것이었다. 우리를 에워싼 아름다운 여인네들을 보는 순간 "뽀르(Port)-르와얄"이 아니라 "포르(Fort)-르와얄"이라는 표현이 떠올랐다.[24] 그리고 이 여자들은 실제

---

24) 프랑스 어로 뽀르는 기항지, 항구, 목적지이며 그나마 위로가 되는 장소라는 함축적 의미를 갖는 반면, 포르는 어둡고 단호한 성채를 의미한다. 그들을 둘러싸고 음울하게 쳐다보는 여자들의 분위기를 빗대어 이 장소의 이름인 뽀르-르와얄을 살짝 비튼 표현이다.

로 말이나 글로써 형용하기 어려우리만치 아름다웠다. "형언할 수 없게 아름다웠다."라는 돈 후안의 표현은 결코 과장이 아니었다. 여자에 관한 한 아예 기회가 없노라고 일찌감치 포기해버렸던 나조차도, 그들의 음울한 표정에도 불구하고, 그 자리에서 이렇게 생각했다. "나도 새로이 좀 끼워주시오!" 거기 있던 이 여인들과는 아직도 무언가 경험할 것이 있었다. 그게 뭔지는 도무지 알 길이 없었지만, 그리고 내가 보기엔 하늘이 그날 다시 한번 모종의 역할을 했다. 아, 하늘 아래 모든 여인들이여! 겉으로 보기엔 그녀들이 뭔지 나쁜 짓을 꾀할 수도 있었지만, 그래도 난 그들에게 사로잡혔다. 거기 그 여자들이 모두 함께 행동한다면, 무언가가 이루어질 것이다! 그러나 그들은 한 번도 화합하지 않았다. 서로들 상대방을 안중에 두지도 않았다. 누군가가 옆에 있는 사람들을 쓰러뜨렸다 하더라도, 그들은 서로 눈에 띄지도 않았을 터이다. 이 여자들 각자는 오로지 자기 자신만을 위해서 뽀르-르와얄을 포위한 것이었다. 그리고 '형언할 길 없는 아름다움'의 소유자들 각자는 단호하게도 혼자서, 다른 어느 누구도 없이, 존재하고 있었다.

나에게는 그 여자들의 영역 같은 것에 속하는 이런저런 종류의 아름다움이 다시금 묘사할 수 있는 것으로 변했다. 뽀르-

르와얄 주변의 언덕진 숲에는 때마침 밤나무 꽃이 만발했고, 짙은 떡갈나무 사이로 세로로 달리는 그 샛노란 꽃줄기는 마치 파도나 하얀 물마루처럼 보였으며, 파도와 물마루는 폐허 주위로 여기저기 소리 없이 부서졌다. 소리 없이 부딪히는 그 파도 사이로, 저 뒤쪽 일-드-프랑스 고지대 위로는, 한때 뽀르-르와얄 수도원의 곡물창고였던 건물의 연한 빨간색 지붕이 한없이 높게 솟아 올라있었는데, 벽돌로 이루어진 경치 속의 이 지붕은 내가 아직 다른 어디에서도 보지 못했던 아름답고, 낯설고, 그러면서도 꿈속에서 본 듯 친근한, 거의 알려지지 않은 지구의 한 부분이었다. 그리고 그 위를 지나 마지막 햇빛 속으로 날아 떨어지는 제비들은 마치 빛에 의해 떼밀리는 것처럼 그렇게 다시 속도를 내었다. 그뿐이랴, 당연한 일이지만, 저 아래 로동 계곡에선 포플러 씨앗들이 아직도 흩날리고 있었는데, 그건 말하자면 마지막 남은 부대인 것처럼, 길의 고랑, 잔디의 도랑, 전답의 도랑으로부터 수직으로 회오리쳐 올랐으며, 자꾸자꾸 서로 뒤섞여 들러붙으면서 가벼운 공이나 신부의 옷자락처럼 커져서, 드디어는 그 여인들의 발아래에 양털처럼 부드럽게 쌓이고 같이 달라붙었다. 그러면서 씨앗들이 하나씩 여자들의 주위를 날아 그들의 귀와 코를 간질이자, 그들은 얼굴을 찡그리거나 재채기를 해댔는데, 그러면서도 그들의 적의에 찬 눈길은 조금도 완화되지 않았다. 오월의 저녁 공기 속을 떠도는 재채기 소리는 아이들이 뛰어다닐 때 신발창에서 나는 것 같은 찰싹거리는 소리로 들렸다. 물론 아이들은 어디에도 보이지 않았지만, 우리를 에워쌌던 여인들의 주먹에 든 무기는 그러는 사이에 어딘지 선물과 같은 성격이 있었다.

"이제 때가 왔다!"
나는 뒤에서 돈 후안이 말하는 것을 들었다. 세 겹의 한숨 소리가 크게 들렸다. 그의 시중도 한숨을 내쉬었고, 나 역시 마찬가지였으니까. 나 대신에 돈 후안이 담장 틈새로 모습을 드러내자, 예닐곱 명인 여자들의 눈이 더욱 음울해졌는데, 다만 이제 그것은 다른 종류의 음울함이었다. 그들이 지금 인상을 쓰는 이유는, 오히려 포플러나무 솜털의 간질임이 아니었던가? 게다가 한 주일이 지난 지금 나는 이 여자들을 더는 숫자로 보지 않는다. "숫자냐, 아니면 문자냐?" 지금 내가 그런 질문을 받는다면 나는 답하리라, "문자"라고. 거기에는 돈 후안이 마치 철자를 하듯이 입술을 이리저리 움직였다는 사실도 물론 한몫을 했다. "때가 왔음"에도 불구하고 돈 후안은 꾸물대었다. 낯선 고양이들, 어디선가 찾아든 개 한 마리, 그리고 염소 등, 내 정원에 있던 짐승들은 그가 현관을 지나 밖으로 나가는 것을 막으려는 것처럼 보였다. 그중 한 놈은 공포심에 사로잡힌 듯 그의 다리 사이를 뛰어다녔고, 둘째 놈은 그가 갈 길을 가로막았으며, 셋째는 누가 봐도 고의적으로 그의 한쪽 다리를 걸었다. 그리고 마치 기사의 종자從者라도 되는 양 돈 후안의 등장을 준비하고 있던 시종까지도, 담장 밖에서 여자들이 재잘대는 소리가 점차 커짐에 따라 (물론 그건 착각이었겠지만) 계속해서 허튼소리를 지껄이며 뒤죽박죽 혼돈을 거들고 있었다. 그러나 돈 후안으로 말할 것 같으면, 이미 말했다시피, 그 혼란스러운 가운데도 내게는 여전히 끄떡없는 모습을 보여주었다. 야만인의 침착함으로서 그는 완전히 평온하게 주위를 휙 둘러보았다.

나의 정원에서 보낸 그 이레 동안, 서로 다른 여러 명의 돈 후안이 나타난 바 있었다. 텔레비전의 야간 프로그램, 오페라, 연극, 그리고 심지어 소위 제 일차적 현실 안에서도 피와 살을 가진 인간으로 존재했었다. 하지만 나의 돈 후안이 나에게 자신의 입으로 직접 들려준 것을 통해서 나는 이것을 배웠다. 그들은 모두 엉터리 가짜 돈 후안이었음을. 몰리에르의 돈 후안도, 모차르트의 돈 후안도.

나는 입증할 수 있다. 돈 후안은 다르다는 것을.
나는 성실한 한 인간으로서의 그를 보았다. 그는 성실 그 자체였다. 그리고 나에게 그는 단순히 친절한 것 이상의 그 무엇이었다. 그는 사려 깊은 이였다. 또 내가 만일 아버지 같은 사람을 만난 적이 있다면, 그건 바로 돈 후안이었을 게다. 그의 이야기를 듣기만 하면 그를 신뢰하게 되었다. 그럼에도 불구하고 그는 그 이레 동안 내게서 아주 멀찍이 거리를 두었는데, 그것은 아주 오랫동안 타인들만을 꿈꾸었고, 타인들의 이야기만을 꿈꾸었던 나에게 잘 어울릴 뿐 아니라 제격이기도 하다. 우리가 함께 있는 동안 그는 한 번도 나를 제대로 쳐다보지 않았으며, 그의 시선은 나를 스쳐 지나가거나 아예 나를 꿰뚫고 지나갔다. 그가 이야기하고 있을 땐 특히 그러했다. 아니, 단 한 번 그가 나를 똑바로 쳐다보기는 했다. 얼마나 똑바로 쳐다봤는지! 그건 돈 후안이 뭔가 부적 같은 것을 손에서 떨어뜨려 막 부서지려는 찰나, 내가 부적인지 뭔지 그것을 마지막 순간에 겨우 붙잡았을 때였다. 그때 누군가의 이름이 (여자의 이름은 아니었지만) 그의 입에서 자신도 모르게 튀어나왔었다.

그가 정원 문을 열기 전, 나는 그가 다시 한번 큰소리로 웃고 밖을 향해 손짓하는 걸 보았다. 또 밖에서도 누군가가 웃으며 손짓하는 것을 볼 수 있었는데, 그 사내는 강가의 숲에서 나와 여자들 쪽으로 걸어갔다. 그 사내는 여인들 가운데 한 사람, 노르웨이 여인이거나, 네덜란드 여인, 아니면 다른 웬 여인의 남동생이라고 돈 후안이 어깨너머로 나한테 넌지시 말해주었다. 또 그 여자와는 달리, 남동생은 자신이 그 나라를 떠날 때 (뭐, 그러지 않을 수도 없는 일이었지만) 자신과 친교를 맺었노라고 말하기도 했다. 그런 다음 무슨 일이 일어났을까? 그것에 대해서는 끝내 얘기할 수가 없다. 돈 후안 자신도, 나도, 다른 어느 누구도. 돈 후안의 이야기는 끝이 있을 수 없고, 그것이야말로, 입으로 하든 글로 쓰든, 영원하고 진실한 돈 후안의 이야기다.

옮긴이_**권기대**

　서울대 경제학과를 졸업하고 일찍이 1980년부터 뉴욕 월스트리트의 은행에서 근무했다. 그 것만으로도 부와 권력의 금수저를 누릴 수 있는 기회였지만, 바보스럽게 그 기회를 버리고 프랑스, 독일을 비롯한 유럽을 여행하며 문화 예술을 흡수했으며, 인도네시아와 호주를 거쳐 홍콩에 둥지를 틀고서는 다양한 문화 콘텐트의 교류를 직업으로 삼기도 했다. 2005년에 귀국하여 이젠 다소곳이 '번역하고 책 만드는' 사람이 되었다.

　그의 번역 활동은 영어, 독어, 불어를 아우르며, 그렇게 펴낸 작품이 40종을 훌쩍 넘었다. 그가 옮긴 영어 서적으로는 베스트셀러 『덩샤오핑 평전』(2004), 부커상 수상작 『화이트 타이거』(2008) 한국학술원 우수도서 『부와 빈곤의 역사』(2008)를 위시하여 『우주전쟁』(2005), 『살아 있는 신』(2010), 『첼시의 신기한 카페로 오세요』(2015), 『다시 살고 싶어』(2014), 『아이는 어떻게 성공하는가』(2013) 등이 있고, 불어 도서로는 르노도상 수상작 『샬로테』(2016), 앙드레 지드의 장편소설 『코리동』(2008), 『어바웃 타임』(2015) 등을 번역 출간했으며, 독일어 서적으로는 쇼펜하우어의 『이기는 대화법 38』(2016), 페터 한트케의 『돈 후안』(2005)과 『신비주의자가 신발끈을 묶는 방법』(2005) 등을 펴냈다.

돈 후안 | 돈 후안 자신이 들려주는 돈 후안

초판 1쇄　2005년 9월 28일
초판 2쇄　2019년 10월 18일

지 은 이　페터 한트케
옮 긴 이　권기대
펴 낸 이　권기대
펴 낸 곳　베가북스
총괄이사　배혜진
편　　집　박석현, 강하나
디 자 인　박숙희
마 케 팅　황명석, 연병선

출판등록 2004년 9월 22일 제2015-000046호
주　　소 (07269) 서울특별시 영등포구 양산로3길 9, 201호
주문 및 문의 (02)322-7241　팩스 (02)322-7242

ISBN 978-89-95662-42-7　03850

※ 책값은 뒤표지에 있습니다.
※ 좋은 책을 만드는 것은 바로 독자 여러분입니다.
　베가북스는 독자 의견에 항상 귀를 기울입니다. 베가북스의 문은 항상 열려 있습니다.
　원고 투고 또는 문의사항은 vega7241@naver.com으로 보내주시기 바랍니다.

홈페이지 www.vegabooks.co.kr
블로그 http://blog.naver.com/vegabooks.do
인스타그램 @vegabooks　트위터 @VegaBooksCo　이메일 vegabooks@naver.com